VIAJE DE IDA

DUNIA ESTEBAN SÁNCHEZ

PREMIO JORDI SIERRA I FABRA 2009
DE LITERATURA PARA MENORES DE 18 AÑOS

Dirección editorial: Elsa Aguiar
Coordinación editorial: Berta Márquez
Ilustración de cubierta: Raúl Allen

© Dunia Esteban Sánchez, 2009
© Ediciones SM, 2009
   Impresores, 2
   Urbanización Prado del Espino
   28660 Boadilla del Monte (Madrid)
   www.grupo-sm.com

ATENCIÓN AL CLIENTE
Tel.: 902 12 13 23 – Fax: 902 24 12 22
e-mail: clientes@grupo-sm.com

ISBN: 978-84-675-3555-6
Depósito legal: M-17.820-2009
Impreso en España / Printed in Spain
Gohegraf Industrias Gráficas, SL – 28977 Casarrubuelos (Madrid)

Queremos dejar de ser invisibles,
lo que nos está pasando queremos que lo contéis.

Fragmento de la entrevista realizada a R.F.
en Tánger el 26/07/2004

Arena

APOYO MI MANO EN LA ARENA. Enseguida mis dedos son devorados por su lengua caliente, y mi brazo se va hundiendo dentro de sus fauces insaciables. Su digestión es silenciosamente sobrecogedora, implacable, devastadora. Me pregunto si recordarás que hoy es mi cumpleaños, hermano. Ya tengo 13 años.

Hoy no he ido a la escuela porque padre está enfermo, pero ayer sí que fui. Le he contado a padre que el maestro nos ha enseñado que Chinguetti fue fundada en el siglo XIII por la tribu bereber Idalwa el Hadji y que enseguida se convirtió en una importante ruta de peregrinos y caravanas que trasportaban mercancías y oro. Entonces tenía veinte mil habitantes. Pero la ciudad fue asolada por los frecuentes períodos de sequía, epidemias, hambre... Mucha gente emigró a Assai o Noauackchot, y en la actualidad no habrá más de seis mil personas, de las cuales más de mil son nómadas. Padre se ha puesto triste cuando le he contado esto y me he callado. He visto una lágrima abriéndose paso por las grietas de su rostro, que parece de cuero cuarteado. Cuando le he preguntado si le pasaba algo, padre ha guardado silencio, ni siquiera me ha mirado. Madre dice que es por la fiebre, pero yo creo que es porque se ha acordado de ti.

En casa nunca se ha vuelto a pronunciar tu nombre desde que te marchaste. Padre lo tiene prohibido. Madre le ha intentado explicar que te marchaste a Europa para trabajar y ganar dinero para ayudar a la familia, pero él no la escucha y dice que cuando llegues allí olvidarás tu religión y la pobreza que has dejado atrás, porque si no fuera así no te habrías ido sin despedirte, aprovechando la oscuridad, como un fugitivo.

Esta noche, después de cenar, me he ido a la ciudad antigua, como hacíamos antes los dos. El maestro tiene razón, esta población está siendo devorada por el desierto. El suelo de las calles no es más que un montón de arena que ya alcanza los primeros pisos de las casas de piedra. Las puertas están casi cubiertas y aparecen mudas a mi vista, como si una mano de arena les impidiese pedir socorro.

Espero la caída del sol y miro alrededor. La mezquita se yergue ante mí y recuerdo las palabras del maestro. Cierro los ojos. En mi mente, el paisaje cambia. Veo las doce mezquitas que tuvo Chinguetti, con capacidad para más de mil hombres cada una. Veo una ciudad viva, punto de encuentro de caravanas que venían de Argelia, de Sudán, de Marruecos, de Malí o de Senegal. Puedo oír el ruido de las gentes y el trasiego del paso de miles de camellos cada noche, cada amanecer. Oigo las voces de los peregrinos dichosos de haber llegado a la Meca de Mauritania, la séptima ciudad santa en el Islam. Luego contarán en sus pueblos y ciudades que han estado en la ciudad que albergó la biblioteca más importante del mundo islámico. Siento como si tuviera más aire en los pulmones del que puedo retener. Abro los ojos. Ha anochecido, alrededor ya no están las mezquitas, ni las bibliotecas, ni las gentes, ni los dromedarios. Solo hay ruinas y dunas que se arrastran hacia Chinguetti con peligrosa sutileza, casi sensual, con la macabra intención de devorar la ciudad. Y no sé por qué, hermano, pero he roto a llorar

Padre ha empeorado. No he vuelto a la escuela desde hace semanas. He guardado mi *alluha*[1] hasta que pueda volver para aprender el Corán con el corazón. Madre se queda en casa cuidando de Brahim y de Salka. Yo me levanto al amanecer y me voy a dar de comer a las cabras. Luego voy al otro lado del *oued*[2] para ocuparme del huerto donde padre cultiva palmeras. Me siento a la sombra y observo las esporádicas caravanas que se detienen a dar de beber a los dromedarios y a descansar.

El regreso a casa se me hace duro. El calor es insoportable. En la zona de las dunas, mis pies se hunden en la arena. Delante de mí, el desierto: retador, inmenso, desnudo, sobrecogedor, inhumano. Siempre que hago este camino, sueño con encontrar una rosa de silicio para llevársela a madre. Eso la alegraría. Le diría: «Madre, esta flor es hija del viento y la arena. Los dos están enamorados y, cada mañana, aparece una rosa en el lugar del desierto donde se besaron». Y ella sonreiría y me diría que soy un buen actor. Me gusta la sonrisa de madre.

Al llegar a casa he encontrado solos a Salka y a Brahim. Salka estaba llorando. Le he preguntado a Brahim por madre y me he dado cuenta de que padre no estaba en la cama.

—Padre se ha puesto muy enfermo. Más enfermo que nunca. Madre lloraba y nuestro vecino le ha ayudado a llevarlo al dispensario para que lo vea el enfermero.

---

[1] Tableta coránica de madera.
[2] Cauce del río seco.

—¿Habéis comido algo?

—No. Madre y el señor Mohamed Lemine salieron corriendo porque padre no abría los ojos. Estaba dormido y no lo podían despertar.

Una sensación de angustia se ha apoderado de mí. Me pregunto dónde estarás ahora, hermano. Tengo ganas de llorar. Algo en la garganta no me deja respirar bien. No sé qué tengo que hacer y tú no estás en casa. Me ocuparé de los pequeños. Tengo miedo, hermano.

He encontrado algo de *harira*[3], porque padre ayer no probó la comida. He preparado ensalada para mis hermanos. Yo he decidido acercarme al dispensario.

—Brahim, aquí tenéis comida. Tendrás que cuidar de Salka.

—¡Pero yo no quiero cuidar de ella!

—Brahim, tienes ocho años. Debes ser un chico responsable y obedecer a tu hermano mayor.

—¡Tú no eres mi hermano mayor! Mi hermano mayor es Gamal y nos ha abandonado; por eso padre está enfermo. ¡Todo es culpa suya!

No he podido evitarlo. No sé si ha sido porque padre está enfermo o porque Brahim ha tenido el valor de expresar lo que todos pensamos, pero le he dado una fuerte bofetada. Brahim se ha puesto a llorar y le he abrazado, pero él me ha apartado de un empujón. Sin poder evitar las lágrimas, me he levantado y he salido de casa sin pronunciar una palabra.

El dispensario queda al otro extremo de la ciudad nueva. Me llevará un rato llegar hasta allí. Me he cruzado

---

[3] Sopa de legumbres.

con un coche en el que viaja un grupo de turistas franceses. En Chinguetti hablamos árabe, pero madre nos ha enseñado también a hablar francés. Dice que es importante si uno quiere tener un futuro mejor. Padre refunfuña cuando le oye decir esas cosas.

Corro detrás del coche. Es un vehículo grande, un cuatro por cuatro. Está cubierto de polvo, pero aun así parece una máquina imponente. Avanza rugiendo por las calles de arena, veloz, incansable, impasible ante mi desaliento. Grito a los turistas. Les he pedido que me dejen subir. Al principio no me han hecho caso. Uno de los turistas, un hombre alto que se enjugaba el sudor con un pañuelo blanco, me ha dado unas monedas. Me he sentido impotente y he echado a correr detrás del todoterreno. Entre el grupo de turistas hay una muchacha joven. Tiene el pelo de color rojo. Por un momento no podía apartar la vista de ella. Sus ojos, de un color verde que yo jamás había visto, se han cruzado con los míos. Le he suplicado que me dejara subir. La chica le ha dicho algo a una señora que estaba sentada a su lado mientras me tendía una mano blanca como el marfil, pero la mujer ha negado con la cabeza. Otra vez sus ojos. Me mira con lástima y yo me quedo clavado en el suelo.

El coche se ha ido alejando y con él los ojos esmeralda de una imagen que se me antoja irreal, como salida de una de esas historias que madre nos contaba de niños, en las que algún joven pobre terminaba casado con la hija más bella del califa de un país inventado. Una imagen que por un instante, hermano, me ha hecho entender por qué te fuiste buscando algo mejor. Algo que para nosotros, en este lugar de la tierra en el que nos ha tocado sobrevivir, se reduce a un sueño fugaz y cruel, por lo inalcanzable.

Tras casi una hora corriendo bajo un sol hostigador, he llegado al dispensario. Es una casa de adobe con dos habitaciones, una para los pacientes y otra donde se atiende a los enfermos. La sala de espera está llena de gente. Casi todo son mujeres con niños en sus regazos que yacen adormecidos por la fiebre o la deshidratación. Hay varios ancianos, algunos sentados en el suelo. Parece como si nadie se diera cuenta de que he entrado. No veo a mi madre. Entonces me dirijo a la puerta del enfermero y la golpeo con los nudillos. En ese momento, una mujer airada me recrimina que pretenda que me atiendan.

—¡Espera tu turno, muchacho! ¡Será caradura! Tendrás que esperar como todos a que se lleven al muerto.

—¿Muerto? ¿Quién ha muerto?

—¡Qué más te da! ¡Cállate y espera!

—¡No, por favor! ¿Qué muerto? ¿Quién es? ¡Madre! ¡Madre! ¡Madre!

Sin darme cuenta me he puesto a gritar. No veo a nadie alrededor. Solo oigo un clamor que va en aumento. Estoy un poco mareado. No estoy muy seguro de dónde me encuentro. Me ha parecido verte entre la multitud desdibujada que se concentra a mi alrededor, hermano.

—¡Gamal! ¡Gamal! ¿Qué ha pasado, hermano? ¿Dónde estabas? ¿Dónde están padre y madre?

—Cálmate, muchacho. Respira despacio. Eso es. Toma un poco de agua

—¡Áhmen, hijo mío!

Abro los ojos. Estoy tumbado en el suelo. Sobre mí se inclina la cabeza de un hombre que no conozco. Madre está arrodillada a mi lado y llora desconsoladamente. Sus manos temblorosas le cubren el rostro. Entre sus dedos largos se escapa un torrente de lágrimas, igual que se escabulle la arena entre los dedos de mi mano cuando intento sujetarla. Sus lágrimas caen sobre mi cara y queman como quema la arena del desierto. La maldita arena del maldito desierto. A su lado oigo la voz del señor Mohamed Lemine consolándola.

—Vamos, Hawa, vamos. Todo irá bien, ya lo verá, mujer. Hay que seguir adelante. Además, Áhmen es todo un hombrecito. Ya ha cumplido trece años, ¿no me dijo eso? Ya verá como se encarga de todo.

—¡Pero no podré con todo, Mohamed! ¡No podré! No sé nada de Gamal, mi hijo mayor, y están los pequeños y el ganado, que aunque queden pocas cabras, hay que cuidarlas, y los gastos del entierro...

—No se preocupe de los gastos, mujer. Ya me ocupo yo. Mire, delante del enfermero se lo digo para que esté más tranquila. Los gastos de dar sepultura a su marido los pagaré yo.

—Pero no podré devolverle el dinero en mucho tiempo. ¡No sé, Mohamed, no sé!

Madre ha roto de nuevo en sollozos. Nuestro vecino le ha rodeado los hombros con el brazo para consolarla. Yo permanezco inmóvil. Todo está sucediendo demasiado rápido. Es una extraña pesadilla en la que estoy inmerso. Me ahoga. Me gustaría despertar en este momento, pero no sucede. Madre me mira y continúa llorando.

—Áhmen, tu padre ha muerto, hijo mío. Ha muerto. Nos ha dejado solos, como tu hermano Gamal. Ahora tú eres el hombre de la casa, Áhmen. Levántate, hijo mío.

Tenemos que ir a hablar con el morabito[4]. Levántate, Áhmen, y haz lo que tienes que hacer.

Me he puesto en pie lentamente. Padre yace en una camilla al otro extremo de la estancia. El enfermero está tomando notas en una libreta. La muerte se ha adueñado de su cuerpo y ha bañado su piel de esa pátina cérea con la que embadurna a quienes toca con sus gélidos dedos. Me acerco a padre. Mi mano tiembla de dolor, pero, de una manera automática, he subido suavemente su mandíbula. Luego he pasado la mano de arriba abajo por su rostro para cerrar sus párpados y he cubierto su cuerpo con una sábana blanca.

Es curioso, Gamal, pero he sabido lo que tenía que hacer, como ha dicho madre. Recuerdo que padre hizo lo mismo con abuelo. Padre dijo entonces que cuando llegase el momento de su muerte, tú harías lo que él había hecho con su padre. Siempre decía a todos que sabía que se podía morir tranquilo, que tú eras un hijo virtuoso. Aseguraba que, tras su muerte, no dejarías de implorar el perdón divino para tus padres y que, llegado el momento, también te harías cargo de sus deudas económicas. De esta forma, padre podría seguir beneficiándose en la otra vida. ¡Qué orgulloso estaba padre de ti, Gamal!

---

[4] Derivado del árabe *murabit*, «ermitaño», el nombre de morabito o morabuto se aplica a los *guerreros de la fe* que residían en los *ribat*, institución espiritual y militar, y que eran considerados como santos si morían en la guerra santa. En África del Norte y subsahariana se refiere también al jefe o fundador de una cofradía sufí. Las creencias populares otorgan al morabito un singular poder de intercesión en el momento de obtener una gracia divina, y por ello es invocado en las oraciones.

Vivos y muertos

HOY ENTIERRAN A PADRE. Nuestro vecino ha ayudado a madre a comunicar su muerte a toda la comunidad. Vendrán algunos parientes de padre, los que viven en Nouakchott. Mohamed Lemine se está portando muy bien con nosotros. Ha comprado comida para atender a los familiares y ha pagado los gastos del funeral. Madre está muy agradecida.

—No sé qué hubiera sido de nosotros sin su ayuda, Mohamed.

—Vamos, Hawa, no tiene importancia; tu marido lo hubiera hecho por mí. Y, por favor, tutéame.

—Gracias, Mohamed. En nombre de mi difunto marido y de mis hijos, gracias. Encontraré la manera de devolverte todo lo que has tenido que gastar.

—Calla, mujer, calla. Todos tenemos la obligación de despedir ritualmente a los miembros de la comunidad, y es nuestra responsabilidad que se haga con respeto y solemnidad. Y yo quiero que así sea.

Madre está visiblemente emocionada al oír hablar así a nuestro vecino. Se ha arrodillado ante él y le ha besado las manos. Mohamed Lemine le ha hecho levantarse. He visto sonreír levemente a madre. Aunque haya sido una sonrisa agridulce, es la primera que le he visto en varios días. Me gusta su sonrisa porque sus ojos sonríen con su boca.

En el cementerio, todo es silencio. Los familiares de padre transportan el féretro. Es un ataúd simple, pero se ve lo suficientemente fuerte como para poder ser utilizado con otros fallecidos. Lo cierto es que Mohamed Lemine ha sido muy generoso. Este gasto hubiera agobiado aún más a madre. Ella no podría haber pagado ni siquiera un féretro como en el que estaban transportando a padre.

Han sacado el cuerpo amortajado del ataúd[5] y lo han colocado en la tumba, haciendo que su cabeza quede inclinada a la derecha mirando hacia la alquibla[6], han soltado los nudos de las cintas que ataban los sudarios y un primo de padre ha expresado:

—En el nombre de Dios y acorde a las enseñanzas de su Mensajero.

Madre está sollozando. Brahim y Salka están apretados contra ella. A mí también me gustaría hundirme en su regazo y llorar. Pero no puedo hacerlo, Gamal, no puedo porque tú no estás en el entierro de padre y yo soy el hijo mayor. Tú ni siquiera sabes que padre ha muerto. Intento imaginar cómo te sentirás cuando te enteres de su muerte. No sé qué vacío me duele más, si el que deja padre o el que has dejado tú. Al menos a padre se le ha despedido con honor y condolencia.

La tumba ha sido cubierta de piedras. Han vertido tierra hasta un palmo sobre el nivel del suelo del cementerio; así, el cuerpo de padre quedará protegido de cualquier agresión externa hasta que forme parte de la misma tierra.

---

[5] Enterrar a un musulmán con ataúd o con objetos de valor es un acto reprobable.

[6] Muro de la sala de oración de una mezquita islámica.

El entierro ha finalizado. Se ha hecho súplica por padre y por todos los difuntos de los presentes. Ahora es el momento en el que uno de los hijos anuncie la disposición de responder ante cualquier deuda documentada que su padre haya contraído en vida. Ahora es el momento en el que tú deberías hablar, Gamal, como padre esperaba. He hablado yo en tu lugar y madre ha roto a llorar. Me he puesto a su lado. Madre tiene cogidos de la mano a Brahim y a Salka. Los asistentes nos han dado el pésame. Nadie ha preguntado por ti.

Recuerdo que me impresionó mucho el entierro de abuelo. Padre nos explicó que el Islam nos orienta siempre hacia las cosas prácticas. Así, los recursos de la tierra deben ser destinados a los vivos, a los que necesitan esa tierra para seguir en el camino de la supervivencia. Decía que cualquier gasto innecesario para los muertos no sirve más que para perjudicar a los vivos.

—Si hacemos de la superficie terrestre un sembrado de tumbas ostentosas y monumentales, ¿dónde encontraríamos un lugar en la tierra para vivir?

—Pero, padre, ¿entonces qué hace la tierra con los cadáveres?

—Los absorbe y los devuelve a la tierra.

Padre ponía una voz solemne cuando decía esto y tú y yo nos mirábamos en silencio con los ojos muy abiertos. Luego, él sonreía y nos enviaba a jugar. Ahora padre descansa bajo la tierra que lo convertirá en tierra.

Blanco *versus* negro

Desde que murió padre no he vuelto a la escuela. Hoy el maestro ha venido a hablar con madre. Le ha preguntado por qué no he asistido a clase durante el último mes. Madre le ha contado lo de padre. Sus ojos se han vuelto a llenar de lágrimas. Siempre llora cuando habla de su muerte

—Señora, Áhmen es un chico muy despierto. Tiene curiosidad por saber cosas. Es un muchacho inteligente. Los chicos como él tienen posibilidades de conseguir un futuro mejor.

—Mire, señor, yo tengo que ocuparme de mis dos hijos pequeños. No puedo hacerme cargo de todo. Las deudas empiezan a acumularse. Alguien tiene que cuidar del pequeño rebaño, de las palmeras. Mi marido y mi hijo mayor, Gamal, se ocupaban antes de eso. Traían dinero a casa y Áhmen podía ir a la escuela. Pero todo ha cambiado. La desgracia se ha cebado con esta familia.

—Y su hijo Gamal, ¿no les envía dinero? ¿Acaso no se marchó para encontrar un trabajo con el que ayudarlos económicamente?

—No sabemos nada de Gamal. No sé si está vivo o muerto, y ese es mi castigo. Al menos a mi marido lo he podido enterrar, pero mi hijo... Casi preferiría haberlo enterrado como a su padre en lugar de este vacío, esta desazón.

—En fin, señora. Yo ya he dicho lo que tenía que decir, el resto es cosa suya. Y por favor, salude a Áhmen de mi parte.

Voy a esperar un rato antes de entrar en casa, no quiero que sepa que he escuchado la conversación. Eso la pondría aún más triste y yo quiero verla sonreír. Madre no me espera hasta la tarde, pero hoy he encontrado una de esas rosas del desierto que tantas veces he deseado hallar para regalársela. Sus palabras resuenan aún en mi cabeza. Para madre sería preferible saberte muerto en nuestra tierra que vivo en un país extraño, donde hayas olvidado la pobreza que has dejado atrás. Yo no me atrevo a tanto, Gamal. Necesito pensar que algo te impide ponerte en contacto con nosotros. Algo grave te aparta de tu familia. Cómo detesto esta prisión de arena que nos ata a una subsistencia de extrema carencia, una prisión que nos aleja de una vida amable y nos hace conformarnos con una muerte digna. No sé por qué recuerdo los ojos verdes de la muchacha del pelo de fuego, su piel blanca que parecía hecha de una tela suavísima, sus ropas limpias, su mano tendida hacia mí, próxima y a la vez inalcanzable.

Todavía desde un rincón del exterior de nuestra casa, veo acercarse a nuestro vecino. Todos los días visita a madre. Me lo ha dicho Brahim. Cuando yo me marcho a alimentar a las cabras, madre ya está despierta. Algunos días hay fruta y me prepara algo para que coma. Dice que, gracias a Mohamed Lemine, podemos comer fruta y otros alimentos. El dinero que conseguimos con la venta de la leche de las cabras no es suficiente y este año no estáis padre ni tú para coger los dátiles de las palmeras, por lo que madre se verá obligada a pagar a un par de hombres o dejar que se echen a perder. Yo me he ofrecido para trepar a por los dátiles, pero madre no quiere ni oír hablar de ello.

Mohamed Lemine no es un hombre rico, pero sí disfruta de una vida cómoda. Posee un importante rebaño de camellos. Él siempre dice que de los camellos se aprovecha la carne y la leche, como de nuestras cabras, pero que además sus animales son muy apreciados como medio de transporte, por lo que saca un buen dinero de su numeroso rebaño, del que está muy orgulloso. También es dueño de algunos campos donde cultiva mijo, cacahuetes y judías en grandes cantidades. Entre octubre y diciembre, muchos hombres trabajan recogiendo su cosecha. Luego la almacena en unos graneros, que también son de su propiedad, hasta que la vende en Tidjika, Atar y Nuadibí.

Me acuerdo cuando acompañamos tú y yo a padre a Nuadibí. Era una ciudad muy grande donde la gente inundaba las calles y los coches y camiones circulaban por carreteras entrelazadas en una maraña donde no se alcanzaba a distinguir principio ni fin. Padre dijo que era la capital comercial de Mauritania y que sería un buen sitio para vivir. Nosotros no sabíamos a qué habíamos ido allí. Nos enteramos más tarde de que padre fue a buscar trabajo, pero el sueldo que le ofrecían no era suficiente para alquilar una casa y trasladarnos todos. Tú entonces tenías mi edad y yo tenía cinco años. Recuerdo que Brahim había cumplido un año y madre lloraba porque estaba de nuevo embarazada. Más tarde nació Salka.

Creo que aquel viaje a la ciudad te cambió por dentro, Gamal. Conociste los planes frustrados de padre y recuerdo que te enfadaste cuando él dijo que no nos dejaría en Chingetti para ir a trabajar a Nuadibí. Tú querías que padre fuera a trabajar a esa gran ciudad y le suplicaste que te llevara con él. Le intentaste convencer de que así tú también buscarías trabajo. Querías salir de Chingetti a cualquier precio, hermano. Pero padre dijo que tú no tenías edad para trabajar, que tu responsabilidad era ser un buen hijo y estudiar mucho en la escuela para ser un hombre respetable cuando fueras mayor. ¡Qué lejos estaban sus planes de los tuyos! Yo sé que a partir de ese momento nunca dejaste de soñar con salir de este cepo de arena donde vivimos.

Oigo a nuestro vecino hablar con madre. Me cuesta escuchar lo que dice porque ha bajado el tono de su voz hasta convertirla en un susurro. Me asomo por una rendija de la tela que madre ha colgado a modo de cortinilla en uno de los ventanucos para que no entre arena en la casa. Madre está de espaldas. Mohamen Lemine se ha acercado a ella y la ha sujetado por los hombros. Madre se ha girado y parece nerviosa.

—¡Vamos, Hawa, piénsalo! Tú sola no puedes llevar la casa. Los niños son pequeños. Tus deudas van en aumento. ¿No te das cuenta? Te ofrezco algo bueno para ti y para tus hijos.

—No sé, Mohamed. Además, ¿qué dirá la gente? Van a pensar que soy una mujer deshonesta que le falta al respeto a su difunto marido. Ya sabes. Es como si estuviera pecando. Eso no es bueno para el bienestar de los muertos.

—Pero, Hawa, ¿y el bienestar de los vivos? ¿Acaso no has cumplido ya el *Idda*[7]? Tus hijos me conocen. Yo me portaré con ellos como un buen padre.

Mi respiración se acelera. No puedo creer lo que estoy escuchando. Madre le contesta algo, pero no consigo oírlo. Tiene la cabeza agachada. Mohamed Lemine le levanta la barbilla. Madre tiene lágrimas en los ojos. Él la besa en los labios. Madre ha permanecido inmóvil. Ha hecho ademán de retirar el rostro, pero Mohamed Lemine se lo ha impedido. Nuestro vecino la ha atraído hacia sí. Madre susurra angustiada.

—¡Mohamed, por favor, tengo que pensarlo! Te ruego que me dejes ahora. Mis hijos pequeños duermen aquí al lado y Áhmen está a punto de llegar.

—Áhmen siempre está con el rebaño hasta la tarde, Hawa. No me pongas más excusas. Te confieso que te deseo desde antes que muriera tu marido, pero yo soy un hombre honesto y nunca mostré mis deseos. Pero ahora es distinto, mujer, ya no tengo que refrenar el fuego que me quema. Yo te deseo y tú me necesitas.

—¡Pero yo amaba a mi esposo, Mohamed! Él era un hombre bueno conmigo y con los niños.

—¡Aprenderás a amarme a mí, Hawa! No seas tozuda, mujer. Yo puedo ofrecerte lo que tu marido no te hubiese podido dar en toda una vida. Tendrás una vida cómoda y a tus hijos no les faltará de nada. Incluso Áhmen podrá volver a la escuela.

---

[7] Período de espera para la mujer antes de volver a casarse, con el fin de asegurarse de que no está embarazada. El tiempo es de cuatro meses y diez días.

Mohamed Lemine está abrazando a madre. Veo cómo la lleva a la alcoba donde antes dormían padre y ella. Casi tiene que arrastrarla. Es como si madre tuviera los pies clavados al suelo. Nuestro vecino ha corrido la cortina que separa la estancia del comedor. Me siento un poco mareado, Gamal. Tengo el rostro empapado. Sin darme cuenta, mis lágrimas se confunden con las gotas de sudor que caen desde mi frente. Arrojo la flor de sílice contra la pared de la fachada de nuestra casa. La joya que traía para madre ha estallado en mil pedazos, igual que mi corazón.

He llegado a la ciudad vieja. He subido a la torre de la antigua mezquita y he buscado el pilar en el que yo me apoyaba muy recto y tú marcabas con una piedra lo que iba creciendo. Luego tú hacías lo mismo que yo. Te apoyabas muy erguido y ponías una raya sobre tu cabeza. Siempre me hacías rabiar mostrándome la diferencia que había entre tu altura y la mía. Han pasado tres años desde que hiciste la última marca. Ahora me llega por los hombros, pero todavía no es suficiente para alcanzar la muesca que señala tu altura. Recuerdo perfectamente que fue el día que cumpliste quince años.

—¡Tengo quince años, enano! Soy casi tan alto como padre. Pronto podré hacer lo que él no tuvo valor de hacer.

—¿A qué te refieres, Gamal? ¿Qué es lo que vas a hacer?

—No te lo puedo contar. Áhmen. Eres demasiado bocazas. No. Ya lo sabrás en su momento.

—¡Venga, Gamal, por favor! Si me lo cuentas te cambio tu *alluha* vieja por la mía, que está casi nueva.

—¡*Alluha*! Yo ya no necesito una *alluha*. Eso es para enanos como tú. Yo ya no voy a volver más a la escuela.

—Pero, Gamal, ¿qué estás diciendo? Ya verás cuando se entere madre...

—Madre no dirá nada. Padre me ha dado permiso para ir a trabajar con él. A partir de mañana me levantaré antes de que salga el sol y me ocuparé del rebaño de cabras, como hacen los hombres.

—Yo también quiero ir con vosotros, Gamal. ¡Por favor, por favor!

—No, Áhmen, tú debes ir a la escuela. Eres un muchacho muy listo. Todos lo dicen. Pero yo quiero trabajar y ayudar en casa. Algún día seré más rico que nuestro vecino Mohamed Lemine. Yo no haré como él. Yo iré a una ciudad importante y seré un gran hombre en una gran ciudad. ¡Ya lo verás, enano!

Mis dedos acarician tu última muesca. Se presenta ante mí lejana y muda en la inerte piedra. La luz de la luna da de lleno en el pilar. Levanto mi cabeza hacia ella y la veo, bella, blanca, inalcanzable. Me viene a la memoria la muchacha del todoterreno, la turista francesa. Por un momento se me antoja como la luna, igual de bella, igual de blanca, igual de inalcanzable. Cuando vuelvo a mirar mi mano acariciada por el haz de luz lunar, adquiero una dramática conciencia que me acompañará el resto de mi vida. Mi piel es oscura, casi negra. El contraste entre la blanca luz y el color de mis dedos es grotesco. Recorro con mis ojos el paisaje desprovisto de alma que me rodea. Me pregunto cómo se verán las cosas desde unos ojos esmeralda como los de la muchacha francesa. Cómo serán las cosas que están al alcance de una piel blanca como la suya. Me pregunto cómo el color de la piel puede establecer un muro tan alto entre la vida y la mera supervivencia.

Hoy te comprendo más que nunca, Gamal. Ya sé lo que fuiste a buscar. Lo que ignoro es si el precio de traspasar ese muro ha sido finalmente el que tú pensabas. Ahora entiendo por qué el año que te fuiste le dijiste a padre que algunas cabras habían muerto. De algún sitio había que sacar dinero, ¿verdad, hermano? Madre también sospechaba, pero nunca dijo nada. Debiste de vender las cabras sin que lo supiera padre. No debió de ser muy difícil. Todavía pasan algunas caravanas por el otro lado del *oued*. Ahora me doy cuenta de todo. Ya sé a qué te referías cuando dijiste que harías lo que padre no tuvo el coraje de hacer. Tenías bien planeado marcharte. No sé si odiarte por eso o admirarte, Gamal.

Cuando he regresado a casa, madre me estaba esperando en el portal. Al verme llegar ha corrido hacia mí. Me ha dado una bofetada. Los dos hemos roto a llorar y ella me ha abrazado. Hemos entrado en silencio. Había cena para mí en la mesa. Unos trozos de cordero y legumbres. Hacía mucho tiempo que no había carne en casa para comer. No he preguntado nada. Ya sé quién la ha comprado. No pienso probar un solo trozo. Me he comido las legumbres.

—Áhmen, hijo, debes comer la carne. Estás trabajando mucho y cada vez estás más delgado. ¡Come, hijo, come!

He negado con la cabeza. Soy incapaz de mirar a madre a la cara. Esta noche no. Ella retira el plato. Me da las buenas noches y la oigo llorar en su alcoba.

El Dorado

HACE SIETE MESES QUE MURIÓ PADRE. Madre se ha casado con Mohamed Lemine y nos hemos trasladado a su casa, que es más grande. Brahim y Salka están muy contentos. Madre me riñe porque me enfado con ellos, pero no puedo evitar que me irriten sus risas. Nadie habla de ti ni de padre. No sé hasta cuándo lo voy a poder soportar.

Mohamed Lemine no se porta mal con madre ni con los pequeños, pero sé que yo no le gusto. Él tampoco me cae bien a mí. Madre me intenta convencer de que es lo mejor para todos, pero a veces me da la sensación de que le tiene miedo. Ella me suplica que sea obediente, que trate a Mohamed Lemine con respeto, porque él tiene un carácter fuerte y no le gusta que le contradigan.

—Eres un muchacho malencarado. ¿Acaso tu padre no te enseñó a respetar al cabeza de familia? No, si ya sabía yo que era un hombre débil.

—¡No hables de mi padre! ¡Él no era débil, él era un buen hombre!

—¿Qué intentas decir, chico? ¿Lo oyes, Hawa? ¿Acaso no te parezco yo un buen hombre? Si no llega a ser por mí, tu madre y vosotros habríais muerto de hambre. ¡Díselo, mujer! ¿Qué hubiera hecho una mujer sola con tres mocosos?

—Mi madre no estaba sola. Me tenía a mí para trabajar y cuidar de ella y de mis hermanos.

—¡Ja, ja! No me hagas reír, insolente. ¡Tú trabajar! ¡Igualito que tu hermano, Gamal! ¡Valiente jauría de cachorros despreciables estaban criando tus padres! Suerte que estoy yo aquí poniendo orden en esta casa.

—¡Cállate, cállate, Mohamed Lemine, cállate!

Me ha soltado tal bofetada que estoy sangrando por la nariz y por el labio. Madre siempre intenta disculparlo, incluso cuando me pega. Entonces ella le habla con palabras dulces y amables y me pide que me vaya a jugar fuera de la casa. En el fondo sé que lo hace por mí, para que deje de golpearme, pero la ira que siento al verla arrodillada ante él, acariciando sus manos, me envenena el alma.

También a madre la trata cada vez peor. Al principio la agasajaba con algunos regalos cuando volvía de negociar para vender la cosecha en Nuadibí o camellos en Tidjika o en alguna otra ciudad. Pero cada vez le trae menos regalos y le da más órdenes. En ocasiones, si algo de madre le molesta, dice que se está volviendo una esposa perezosa y que, si continúa así, va a tener que tomar otra esposa más joven que le satisfaga más. Madre no contesta, agacha la cabeza y sigue con sus tareas de la casa.

Yo he vuelto a ir a la escuela. Hoy, como otras veces, me he marchado al cabo de un rato. El maestro es nuevo y no le importa lo que hago. Yo le digo que algunos días tengo que cuidar el rebaño de camellos, y me deja ir sin preguntar más.

Últimamente suelo ir bastante por el otro lado del *oued*. Me he hecho amigo de un chico que tiene diecisiete años. A veces nos sentamos cerca de los hombres que paran a dar de beber a sus camellos y escuchamos lo que cuentan sobre otras ciudades. Algunos vienen de Marruecos y en ocasiones hablan de los que desde Tánger cruzan el Estrecho a la búsqueda de *El Dorado perdido*, de una vida mejor en España o en Francia, lejos de esta pobreza.

Sidi es un muchacho menudo y tímido. Siempre lleva una camiseta roja con capucha y aparenta tener menos edad. Él cuenta que antes vivían en Atar, pero han venido a Chinguetti porque aquí tienen parientes y su padre necesitaba trabajo. Me ha contado que el año pasado intentó marcharse a España. Sus padres vendieron casi todas las ovejas de la familia, el televisor y varios muebles para reunir los casi mil euros que costó el viaje hasta Tánger y de ahí hasta España. Su rostro se ensombrece cuando recuerda el momento en que su padre lo despidió en la puerta de su casa. Dice que tenía mucho miedo y que no paraba de llorar porque era la primera vez que iba a estar solo.

Mientras le escucho voy sintiendo una presión en el pecho. Una sensación de culpa se va adueñando de mí. Fue tan desgarradora tu marcha que jamás me paré a pensar cómo te sentirías tú. Sidi continúa hablando y en esta parte de su relato no hay miedo en su voz, pero su tono es serio y opaco.

—En Tánger, las cosas se complicaron. Después de pagar a los que nos llevaron desde Rabat, nos alojaron a un grupo de treinta y siete personas en distintas pensiones del casco viejo. Allí teníamos que estar varios días esperando una patera que nos cruzaría el Estrecho hasta España. No teníamos dinero ni para comprar comida.

−¿Y de qué manera conseguiste alimento?

−Me hice amigo de un chico más pequeño. Íbamos por las calles pidiendo limosna.

Su voz vuelve a romperse. Sus ojos brillan y se humedecen, pero no llega a derramar ni una lágrima. Sidi ha apretado los puños. Sus labios forman un rictus de rabia en su rostro tenso.

−Aquello fue lo peor. Los policías marroquíes llegaron a golpearnos y amenazarnos. Algunas personas nos increpaban con insultos racistas. Nos llamaban *africanos negros*. El día que cogimos el autobús de Rabat a Tánger, los marroquíes que subían delante de nosotros pagaron cuarenta dírhams. Cuando llegó nuestro turno, el dispensador de billetes dijo que los *africanos* debíamos pagar ciento veinte dírhams por el mismo trayecto. Al tercer día de estar alojados en la pensión miserable de Tánger, el dueño nos echó a la calle. Nos dijo que la policía le había amenazado con multarle por albergar a subsaharianos.

−Y entonces, ¿qué hicisteis?

−Nos fuimos a esperar a la playa, ocultándonos como podíamos. Pero una noche hubo una redada. Eran policías y llevaban perros. Algunos escaparon, pero a muchos nos detuvieron y nos deportaron hacia la frontera de Argelia. No tuve más remedio que regresar.

Sidi ha agachado la cabeza. Yo he guardado silencio y he pensado en ti, Gamal. Por primera vez siento miedo de que te haya pasado algo. ¿Cuál habrá sido tu suerte, hermano? De nuevo la angustia se apodera de mí. La manera en que te fuiste dejó desolados a padre y a madre, pero nunca se habló de que pudiera haberte sucedido algo. Padre no lo permitía. Yo creo que, en el fondo, cada día se levantaba esperando que llegasen noticias tuyas. Jamás lo confesó.

De repente, mi amigo me ha agarrado del brazo. Su mano se ha crispado sobre mi piel. Casi me hace daño. Me mira fijamente. Ahora sí que las lágrimas han aflorado y recorren su rostro devastado por la impotencia.

—Pero sabes una cosa, Áhmen. Lo voy a volver a intentar y esta vez lo conseguiré. Sé que lo conseguiré. Por eso trabajo cuidando el ganado de otros. Mis padres dicen que es mejor que estudie, pero yo no quiero estudiar, yo quiero trabajar para llegar a España. Allí ganaré dinero y se lo enviaré a mi familia. Allí viviré como una persona aunque mi piel sea negra. Lo voy a conseguir, amigo.

—Sidi, ¿cómo estás tan seguro? ¿No temes que te vuelva a suceder lo mismo?

—No. Esta vez iré a ver al morabito. Él me dará unos *gri-gri*[8] que impedirán que me pase nada malo, salvo que Alá decida otra cosa. Cuando trabaje y gane dinero, me quedaré lo necesario para vivir y el resto lo enviaré para ayudar a mi familia, y también enviaré dinero al morabito.

Luego nos hemos quedado en silencio. Las palabras de Sidi no dejan de sonar en mi cabeza. Te veo a ti. Veo a padre. Veo a madre arrodillada delante de Mohamed Lemine para evitar que me siga pegando. El corazón me late deprisa. Las palabras han salido vomitadas por mi boca.

---

[8] Amuletos.

—¿Cuándo te vas, Sidi?

—En diciembre. Cuando se recojan las cosechas. Trabajaré duro y conseguiré el dinero que me falta. Llevo ahorrando dinero desde que me deportaron.

—¡Iré contigo!

Me oigo a mí mismo de lejos, como si fuera un espectador asistiendo a la conversación de dos muchachos. No me doy cuenta de lo que he dicho hasta que la voz de mi amigo me hace reaccionar.

—¿Estás seguro, Áhmen? Quizás seas un poco joven. Además, ¿cómo vas a conseguir el dinero para pagar a los hombres que nos llevarán a España?

—Ya se me ocurrirá algo, Sidi. Estoy decidido. Me voy. De esto ni una palabra a nadie, ¿prometido?

—Prometido, hermano.

Cuando Sidi me ha llamado hermano, he sentido una sensación de vértigo. Regreso a casa despacio. No puedo dejar de pensar en la decisión que he tomado. Noto mi respiración agitada. Me tengo que tranquilizar o madre notará que pasa algo. Ella siempre sabe cuándo pasa algo. Incluso cuando tú te fuiste, madre ya intuía que planeabas algo. Ella le decía a padre que te notaba serio, tenso. Te preguntaba si te ocurría algo, pero como tú callabas, madre terminaba diciendo que quizás estabas así por alguna muchacha. Tú ni negabas ni asentías. Ella te observaba en silencio.

Nunca sabré qué le hizo más daño a padre, si el hecho de que decidieras marcharte en busca de una vida distinta de la suya o la forma en que lo hiciste, sin una palabra, en la noche, como un cazador furtivo que sabe que lo que hace es indigno. Esta idea me atormenta. Sé que a madre le arrancaré el alma si huyo como tú lo hiciste, pero con Mohamed Lemine siempre dispuesto a machacarme, no tengo más remedio.

Noto dolor en las palmas de mis manos. Es tanta la ira que siento cuando pienso en ese hombre, que ha esclavizado a madre y alardea delante de todo el mundo de su generosidad y bondad al apiadarse de la viuda y los hijos de un pobre hombre lleno de deudas, que he llegado a clavar mis uñas en la carne. Veo la sangre en mis manos y siento que no puedo echarme atrás. Sé que es mejor que me vaya. Voy a seguir tus pasos, hermano. Voy en busca de mi dignidad. Trabajaré por mi libertad y por la de la poca familia que nos queda, Gamal. ¡Ojalá nuestros caminos se crucen algún día!

De camino a casa, voy arrastrando los pies. No tengo ninguna prisa por llegar. Últimamente no soporto ni los juegos de Brahim y Salka. Me irrita incluso que sean capaces de seguir con sus chiquilladas, ajenos a todo lo que está pasando. Solo cuando Mohamed Lemine les suelta algún bofetón por hacer demasiado ruido o molestarle, le miran aterrorizados y se esconden en algún hueco.

Ya han cenado todos. Madre me ha guardado un plato de ensalada. Cuando me lo trae para dejarlo en la mesa, Mohamed Lemine se lo tira de un manotazo. Madre se apresura a limpiar los trozos de loza y los restos de comida. No pronuncia ni una palabra. Ni siquiera se atreve a mirarme. Siento rabia hacia ella y me voy a la cama sin dar las buenas noches.

El corazón se me sale del pecho. Estoy tan enfurecido que no consigo dormir. No dejo de ver a mi madre de rodillas en el suelo limpiando los restos de mi cena. Noto que las lágrimas se deslizan por mis mejillas. Las limpio con mi mano rápidamente. La cara me arde. Creo que madre ya no sabe qué hacer para evitar que Mohamed Lemine me dé una paliza con cualquier motivo, por eso no ha pronunciado palabra esta noche.

Cierro los ojos. Veo a padre muerto. Intento recordarlo vivo, sonriente, pero no puedo. El sueño me va venciendo. Me llamas desde detrás de una gran duna. Allí está nuestro cuartel general. Yo he ido en busca de provisiones para aguantar el ataque del enemigo. Le he pedido a madre víveres y ella, riendo, me ha dado fruta y una botella de agua.

—Toma, guerrero. Llévale algo de comer al señor de la guerra. A ver si tenéis suerte y conseguís un buen botín.

—Sí, mi señora. No se preocupe. Volveremos a casa con un cofre lleno de joyas y de piedras preciosas.

—¡Más nos valdría que trajerais una lámpara mágica con un genio que hiciera realidad mis deseos!

Madre vuelve a reír divertida. Su risa suena como miles de cascabeles agitados al mismo tiempo. Me da un beso y me recuerda que volvamos antes del anochecer.

Regreso a las dunas. Mis pies se hunden en la arena. De repente me doy cuenta de que debajo de la superficie hay millones de manos viscosas que intentan atraparme. Tiran de mí con fuerza hacia abajo. Me hundo. No hay nada donde agarrarse. La duna me engulle como una boca insaciable y gigantesca. La arena se introduce en mis labios, mi nariz, mis oídos. Apenas puedo respirar. Estiro la mano derecha todo lo que puedo. Consigo en un supremo esfuerzo sacar mis dedos fuera de la arena. De repente, algo tira de mí hacia fuera. Noto unos dedos que entrelazan los míos firmemente. Poco a poco saco la cabeza al exterior. Cojo una bocanada de aire para llenar mis pulmones y, al abrir los ojos, veo tu cara borrosa, Gamal.

—¡Vamos, vamos, Áhmen! ¡Lucha, hermano, no dejes de luchar!

—¡Gamal, la duna intenta engullirme!

—¡Nada está perdido! Sujétate fuerte a esta cuerda. Yo tiraré de ti.

En mi lucha por deshacerme de los dedos viscosos y tenaces, toco algo. Es un objeto duro. He topado con una especie de asa. Lo agarro firmemente. En ese momento, Gamal ha dado un tirón tan fuerte que soy capaz de alejarme de las fauces de arena que me tenían prisionero. Todavía conservo el objeto en la mano. Ni siquiera me doy cuenta de que lo llevo cogido hasta que oigo la voz de mi hermano.

—¿Qué llevas ahí, Áhmen?

—¿Eh? ¿Qué? ¿Dónde?

—¡Vamos, guerrero! ¿Qué tienes en la mano?

Por primera vez soy consciente de que los dedos de mi mano izquierda están fuertemente aferrados a un asa. Levanto mi brazo lentamente. Gamal y yo miramos perplejos el extraño objeto. De repente me doy cuenta de lo que es. El corazón baila en mi pecho.

—Es la lámpara, Gamal. La lámpara encantada que deseaba madre. Dentro vive un genio que hará realidad sus deseos. ¡Corramos, hermano! ¡Llevémosle la lámpara a madre! ¡Verás qué contenta se pondrá!

Corremos sin descanso hasta llegar a casa. Casi no podemos respirar por la carrera y por la excitación de querer mostrarle a madre nuestro botín.

–¡Madre, madre! ¡Aquí está, madre! ¡Tu lámpara de los deseos!

La froto con una manga de mi camisa. No sucede nada. La vuelo a frotar más y más fuerte. Pero el genio no aparece. Oigo a madre pronunciar mi nombre mientras llora. Un hombre al que no consigo ver el rostro se ríe detrás de ella mientras me señala. Mi madre me agita por los hombros.

–¡Áhmen, hijo, despierta! ¡Despierta!

–¡Espera, madre, ten paciencia! ¡El genio saldrá!

–¡Ja, ja, ja! ¡No me digas que tu hijo no es ridículo, mujer! ¿Ves por qué no es bueno que vaya a la escuela a aprender historias? ¡Más le valdría trabajar como un hombre! ¡A partir de mañana irá con mis jornaleros a los campos!

–¡Pero, Mohamed...! ¡Es solo un niño!

De pronto me doy cuenta de lo que está pasando. Todo era un sueño. Un estúpido sueño del que me ha despertado la bofetada que Mohamed Lemine le ha propinado a madre por defenderme nuevamente. Me arrodillo junto a ella y la abrazo llorando. Entonces recibo en la espalda un fuerte puntapié de Mohamed Lemine.

–¡Ya has oído, holgazán! A partir de mañana irás a trabajar a los campos como uno más de mis peones. Pronto será tiempo de recoger la cosecha. Al menos así te costearás lo que nos tenemos que gastar en tu comida.

Ya ves, Gamal. Un insignificante sueño de niño. Me da tanta vergüenza pensar que he sido capaz de soñar con lámparas mágicas y genios, que me odio por ello. Solo hay una parte del sueño que no quiero olvidar, cuando tú me tendías tu mano para salvarme. Para evitar que el desierto devorador me arrastrase con él y me hiciera prisionero en esta cárcel de arena para siempre jamás.

Promesas

Estamos en octubre. Llevo dos meses trabajando en los campos de Mohamed Lemine. Me trata como a uno más de sus hombres. Incluso ha decidido que duerma en los almacenes con ellos. A veces, madre envía a escondidas a Brahim con fruta para mí o algún dulce. Otras veces le manda con el recado de verme, aunque solo puede hacerlo cuando Mohamed va a hacer negocios a alguna ciudad. Pronto llegará el mes de la cosecha y tiene que cerrar la venta.

Hablo a menudo con Sidi. Hoy me ha dicho que casi tiene todo el dinero que necesita para marcharse.

—¿Y tú, Áhmen? ¿Cuánto dinero tienes ahorrado?

Respondo escuetamente. Ese tema me atormenta. Said no debe de saber que todavía no he conseguido reunir ningún dinero. Eso le haría rechazarme. Le necesito. Él ya tiene experiencia.

—Bastante. Mi padrastro me paga por mi trabajo como a uno más.

—¡Estupendo, amigo! Esta vez lo conseguiré, y tú conmigo.

—¡Pues claro, Said! ¡No podemos fallar aunque nos vaya la vida en ello!

—Así será, Áhmen, si Alá quiere.

Es la primera vez que llamo padrastro a Mohamed Lemine. He tenido que hacer un gran esfuerzo por no mascullar esta palabra, pero no me interesa que Said sospeche que el esposo de madre quiere arruinarme la vida. Llevo días dándole vueltas a la manera de conseguir el dinero. Tengo que reunir como sea unos trescientos veinte mil ouguiyas[9]. Sidi me ha dicho que con eso será suficiente. Cuando estemos en Marruecos, cambiaremos los ouguiyas por euros para pagar a las personas que nos llevarán hasta España.

Esta misma tarde, Brahim ha vuelto a visitarme. Me ha dicho que Mohamed Lemine se marcha después de comer a cerrar el contrato de los jornaleros para la cosecha de diciembre y que no volverá hasta pasados unos días. No sé cómo contrata Mohamed a los hombres, pero todos los años, en diciembre, decenas de senegaleses se suman a su grupo de trabajadores para que la recolección en las tierras sea más rápida.

Madre le ha dado un mensaje a Brahim. Quiere que pase un par de noches en casa, pero le ha insistido en que nadie debe verme, porque si Mohamed Lemine se entera, es capaz de matarme.

Antes de ir a casa, me he acercado a la ciudad antigua. Esta noche más que nunca, me ha parecido que las casas agonizaban asfixiadas por la arena. Lleva varios días soplando un viento que se alía con las dunas para que cobren vida propia. Avanzan por el desierto demostrando que son las dueñas y señoras de este paisaje descarnado. Son como un ejército mudo encargado de mantenernos pri-

---

9 Moneda mauritana.

sioneros sujetándonos con grilletes de arena a nuestra miseria, aislándonos de otro mundo donde el horizonte no es yermo. Necesito salir de aquí cuanto antes, hermano. Siento que me ahogo como estas casas.

Madre suele dejar una vela encendida en una ventana para que yo sepa que no hay peligro, que el camino está libre. Hoy no veo la vela. Siento que el pulso se me acelera. Eso quiere decir que Mohamed Lemine debe de haber vuelto, pero me extraña que Brahim no me haya venido a avisar. Me acerco furtivamente. Me siento como un ladrón acechando mi propia casa. No oigo ningún ruido. La puerta está cerrada. Desde dentro deben de haber puesto la tranca. Rodeo la casa. Silencio. Oigo mi propia respiración. Voy palpando la pared porque esta noche no hay luna y apenas veo por dónde piso. He tanteado la ventana que da a la estancia donde duermen los pequeños. La madera, áspera y resquebrajada por los arañazos de la arena empujada por el viento, cede ante la presión de mis dedos. Es una ventana pequeña, pero puedo pasar por ella. Alguna vez me he escapado por esta misma ventana cuando Mohamed Lemine se ponía violento.

Salka y Brahim duermen juntos sobre un jergón. Me late el corazón con fuerza. Si Mohamed está en la casa y me pilla aquí, es capaz de cualquier cosa. Pero no puedo echarme atrás. Necesito saber por qué madre no me ha esperado esta noche. Aparto la cortinilla que separa el lugar donde duermen madre y Mohamed Lemine. Oigo un ligero quejido, es un lamento tenue, apenas perceptible. Mis ojos se van habituando a la oscuridad. Me parece distinguir una silueta tumbada en el lecho. Sí, estoy seguro, una sola persona yace en la rudimentaria cama. Me acerco lentamente. Adivino el cabello negro de madre sobre el colchón.

−Madre, madre...

Solo me atrevo a susurrar, pero no obtengo respuesta. Me aproximo todavía más a la cama. Apenas estoy a dos palmos del rostro de mi madre. Apenas distingo su cara, pero siento que algo no va bien. Con mano temblorosa, zarandeo suavemente su hombro. Madre despierta sobresaltada, lanza un grito ahogado y levanta el brazo cubriéndose la cabeza, como temiendo un ataque de algo o de alguien.

−Madre, soy yo, Áhmen

−Áhmen, hijo, vete, tienes que irte, corre, vete, hijo mío.

−Pero, madre, ¿qué sucede? ¿Acaso no quieres verme?

Madre ha roto a llorar. Nunca he soportado ver llorar a madre, me rompe el corazón. Busco a tientas la vela que madre suele tener en la mesilla. Doy con unas cerillas y, a pesar del temblor de mis dedos, acierto a encenderla. Madre se cubre el rostro con las manos. Intento coger sus manos, pero ella se resiste a descubrir su cara. Esta vez aprieto con firmeza sus muñecas. Ella se queja ligeramente por la presión que he ejercido, pero algo me impide ceder en mi empeño. Necesito saber por qué no quiere mirarme.

Mi corazón enmudece de dolor cuando veo lo que madre trataba de ocultar. Mis ojos son incapaces de abarcar tanta vergüenza. Su rostro es la obra de la vileza de un cobarde que no merece ser llamado hombre. Es la prueba de lo que un ser sin escrúpulos y sin alma puede hacer. Es el resultado de la paliza que Mohamed Lemine le ha propinado a madre cuando, tras sorprender a Brahim regresando del *ouad*, este, aterrorizado ante las amenazas del hombre, le ha confesado que me había llevado un mensaje de madre para que fuera a casa.

Salka y Brahim se han despertado al oír el llanto de madre. Los dos me han abrazado y, por primera vez desde que Mohamed Lemine apareció en nuestras vidas, veo reflejado en sus pequeñas caras un gesto de miedo y de desesperación.

Madre no deja de sollozar. He sacado dos cuencos y los he llenado de leche que había traído para Salka y Brahim. Entonces madre se ha acercado a mí y me ha estrechado entre sus brazos.

—Tienes que marcharte, Áhmen. No puedes seguir aquí. Mohamed Lemine acabará matándote, acabará matándonos a todos.

—Esta noche me quedaré en casa para que tú descanses. Si Mohamed regresa, me encargaré de que no te haga daño.

—No, hijo. No me refiero a eso. Digo que tienes que marcharte lejos, tienes que huir, como huyó tu hermano.

Al pronunciar estas palabras, madre ha tenido que sentarse. Apenas le sujetan las piernas. Yo me he quedado paralizado, no puedo dar crédito a lo que estoy oyendo. Mi respiración se vuelve agitada. Soy incapaz de pronunciar una sola palabra. Durante un rato, se produce un silencio doloroso.

—Sí, madre. He de irme. Pero no voy a huir. Gamal tampoco huyó. Algo ha debido de pasarle y yo voy a averiguar qué le ha sucedido. Solo huyen los cobardes, los delincuentes. Ni yo ni Gamal lo somos, madre. Aquí el único cobarde y delincuente que hay es Mohamed Lemine. Y prometo por Alá que volveré para encargarme de él.

—No hables así, Áhmen. Mohamed no es un hombre malo, solo que tiene mal carácter...

—Madre, no intentes justificar a ese...

—Áhmen, tus hermanos... Ellos son pequeños. No deben oírte hablar así de quien les procura alimento y permite que vayan a la escuela.

—Sí, madre, pero ¿a qué precio? Te trata como a una esclava. Peor, te trata...

—¡Áhmen, calla!

Madre me ha cogido por el brazo. Me hace acompañarla donde los niños no puedan oírnos.

—Hijo, las cosas se están complicando. Mohamed Lemine ha ido a la ciudad para negociar la venta de la cosecha y... para tomar otra esposa.

—Pero, pero... madre, ¿entonces...?

—Calla, no quiero que Salka y Brahim oigan lo que tengo que decirte. Baja la voz.

—¿Qué será de ti, madre?

—Tus hermanos y yo nos trasladaremos a nuestra antigua casa. Mohamed vivirá aquí con su nueva esposa. Él seguirá manteniéndonos y se ocupará de que los niños vayan a la escuela, al menos hasta que Brahim tenga edad para trabajar. A cambio, yo ayudaré en la casa a su mujer y, cuando tengan hijos, ayudaré a criarlos.

—No sé, madre...

—No te preocupes Áhmen. Estaremos bien. Pero tú... Tú debes marcharte, hijo. Mohamed Lemine la ha tomado contigo. He llegado a temer hasta por tu vida, cada vez que él va a los campos.

—Pero, madre, no sé cómo conseguir el dinero que necesito para llegar a España. Mohamed no me paga por mi trabajo.

Madre tiene un gesto serio. Su rostro está deformado por la hinchazón y por las heridas, pero sus ojos, negros como la noche del desierto, brillan humedecidos por las lágrimas.

—Todo está pensado, hijo. Déjalo en mis manos.

—Pero, madre, ¿qué puedes hacer tú para conseguir tanto dinero? Sabes que padre no dejó más que deudas…

La voz de madre se convierte en un apenas un susurro. Tengo que esforzarme por oír lo que me está diciendo. Es como si temiera que las paredes de adobe pudieran escuchar sus palabras y delatarla.

—Sé dónde guarda Mohamed el dinero que va ganando de la venta de ganado. Hasta que no venda la cosecha en diciembre, no llevará el dinero al banco.

—Pero, madre…

—Guarda silencio, Áhmen. Alá sabe que tomaré solo el dinero que necesites para salvar tu vida. Al fin y al cabo, estás trabajando igual que cualquier hombre y tu trabajo no está siendo pagado. No estoy robando, hijo.

Las sienes me van a estallar. Quizás sea otro sueño como el de la lámpara y el genio. Me siento un poco mareado y confuso. Necesito cerrar los ojos y respirar lentamente. Madre me aprieta contra su pecho y me susurra al oído una nana que nos cantaba de pequeños. Cómo me gusta oír esa canción. Las lágrimas caen por mis mejillas y empapan la ropa de madre.

—Ahora debes irte, Áhmen. Vete y no vuelvas por casa. Debes tener paciencia y esperar. Cuando llegue el momento, lo sabrás.

—No me olvidaré de mis orígenes, madre. No me olvidaré de mi familia ni de mi religión. Algún día conseguiré llevaros conmigo. Te compraré una casa y vestidos bonitos, como los que llevan las mujeres blancas. Estarás muy guapa, madre. Allí el sol y la arena no curtirán tu piel. Allí seremos libres. En Europa, las personas de piel negra son igual de respetables que las de piel blanca. Me lo dijo el maestro, madre.

—Claro, hijo mío. Mientras, yo estaré esperando aquí, rezando por ti y por tu hermano. No te preocupes por nosotros.

Cierro los ojos un momento y me siento pequeño y seguro entre sus brazos. No tengo fuerzas para separarme de ella. Algo me dice que cuando lo haga estaré solo en la vida. Recuerdo las palabras de Sidi cuando me contó cómo se sintió al despedirse de su padre. Me entra miedo. Me aprieto más contra madre y ella me estrecha con fuerza. Echo de menos a padre. Te echo de menos a ti, hermano.

Suave y lentamente, madre se va apartando de mí. Me mira fijamente, con una serenidad que le hace parecer más sabia. No puedo soportar ver su rostro mancillado por los golpes de un miserable. Cierro los ojos y agacho la cabeza. Madre coge mi barbilla con delicadeza, me hace levantar el rostro y me pide que abra los ojos.

—¡Áhmen, mírame! Nunca agaches la cabeza ante algo así. Mírame y recuerda por qué tienes que luchar, por qué has de marcharte a buscar una vida digna donde lo que ves ahora no quepa. Lucha por llegar a un lugar donde vivir libre sea un derecho legítimo. Respeta para ser respetado y aprende a apartarte de la gente mala. Vete, hijo, vete con la cabeza alta, bien alta. No la agaches jamás ante la injusticia, venga de quien venga. Que Alá te bendiga.

No puedo hablar. Madre me ha besado en la mejilla. No sé por qué tengo la sensación de que esta es la última vez que la veré en mucho tiempo. Rozo con mis dedos el lugar de mi mejilla en el que me ha besado. Quiero conservar esa cálida sensación, quiero proteger mi piel del viento para que nada la altere.

Salka y Brahim se han quedado dormidos apoyados en la tosca mesa que está cerca del fogón. Los llevo en brazos hasta el jergón en el que duermen. Antes me irritaban sus juegos infantiles. Creo que en el fondo envidiaba su despreocupación, su capacidad para poner distancia entre la tragedia que se cernía sobre nuestra familia y su día a día. Ahora siento lástima por ellos. Su futuro es incierto y está sujeto a una perspectiva nada alentadora. Son tan pequeños, tan indefensos… Me invade un gran desasosiego al ser consciente de lo solos que se quedan.

Regreso lentamente al barracón donde duermo con los jornaleros que Mohamed Lemine tiene contratados para trabajar sus tierras. Sopla un aire ligero y fresco. De mayo a octubre, el sol lame con su lengua incandescente y lasciva la arena del desierto. El calor es sofocante. Normalmente trabajamos hasta con 46 grados de temperatura. Sin embargo, por la noche, baja más de la mitad. Pronto hará menos calor. Dentro de dos meses será tiempo de cosecha.

Entro sigilosamente y me tumbo sobre una esterilla. Las palabras de madre vuelven a sonar en mi cabeza. Tengo que esperar. Solo tengo que esperar dos meses. Entonces dejaré este lugar. Encontraré trabajo en España, o quizás en Francia. Sacaré a madre y a nuestros hermanos de este laberinto de arena. Un laberinto cuyos caminos no llevan a ninguna parte. Falta poco para que amanezca. Me duermo apoyado sobre la mejilla en la que madre me ha besado. Volveré por ellos. Lo juro, Gamal.

La cosecha

Estamos a primeros de diciembre y es tiempo de cosecha. Sidi y yo no hablamos de otra cosa en nuestros ratos de descanso más que del viaje.

Mohamed Lemine ha contratado un gran número de jornaleros. Han llegado casi al anochecer, hacinados en dos camionetas destartaladas. Todos son jóvenes senegaleses. Veo que algunos de ellos no serán mucho mayores que yo. Mohamed ha encargado a su capataz que reúna a todos los hombres en uno de los destartalados barracones que sirven para almacenar el grano. El capataz es un hombre adusto y mal encarado. Hace entrar a empujones a uno de los chicos recién llegados.

El muchacho ni siquiera le mira. Se le ve un chico tímido. Está muy delgado. Viste sudadera azul con letras blancas y lo que queda de unos pantalones vaqueros, como los que llevan muchos turistas. Lleva amuletos en la cintura. Lo he visto cuando el capataz lo ha agarrado por la sudadera para hacerle entrar. No habla con nadie.

El capataz nos da instrucciones de cómo se distribuirá el trabajo en grupos, de manera que no quede ni un minuto en que no haya hombres cosechando. El trabajo ha de hacerse rápido. No se permitirá ni un solo segundo de descanso que no esté supervisado por el capataz y los hombres designados por él para vigilar a los jornaleros. Desde el alba hasta el anochecer, se trabajará en turnos rigurosos.

En el momento de configurar los grupos, he conseguido unirme al del chico tímido. Hay algo en él que me llama la atención. Tiene una mirada serena que le hace parecer un adulto encerrado en un cuerpo de niño.

Muchos de los hombres recién llegados hablan *wolof* entre ellos, aunque el idioma oficial de Senegal es el francés. El muchacho ha buscado un rincón para instalar la esterilla raída donde dormirá. Yo he cogido la mía y la he colocado a su lado.

—Me llamo Áhmen.

Le hablo en francés. Al principio no me ha respondido, lo cual me ha hecho dudar de si realmente habla este idioma. Al cabo de unos segundos, sin mirarme, el muchacho me contesta.

—Abdou.

Se sienta en la esterilla. Se ha arremangado la sudadera. También en los brazos lleva amuletos. Abdou se da cuenta de que observo sus brazos.

—Me los dio mi morabito. Estos *gri-gri* me protegen. Nada malo me sucederá mientras los lleve puestos. Tengo que llevarlos siempre, hasta el final.

—¿Hasta el final de qué?

—Hasta que pueda alcanzar mi objetivo. Tengo un deber que cumplir. Se lo prometí a mi padre. Por eso me llevó a presencia del morabito cuando yo se lo pedí: quería obtener su bendición.

Entonces Abdou me enseña un escapulario que lleva colgado al cuello con un retrato.

—Es el gran morabito de mi cofradía. Cuando consiga trabajo en España, si gano mil euros, le dije al morabito que al menos cien los destinaré para él. Lo que me sobre de la cantidad que necesite para vivir, lo enviaré a mi familia.

Mientras escucho a Abdou, recuerdo las palabras de mi amigo Sidi. Le cuento a Abdou nuestros planes para marcharnos a Europa. Él escucha atentamente. Me mira fijamente mientras hablo. No me interrumpe en ningún momento. Le cuento que Gamal se marchó y que nunca hemos vuelto a saber de él. En este momento, mi voz se ha quebrado. Me da un poco de vergüenza que note que estoy a punto de llorar. Agacho la cabeza. De repente, noto la mano de Abdou apretando la mía. Es una presión ligera, pero me reconforta. Yo aprieto la suya en un gesto de mudo agradecimiento. Después de unos segundos de silencio, las palabras de Abdou llegan a mis oídos y me devuelven a una realidad inesperada.

—Nunca lo conseguiréis desde Tánger.

—¿Cómo? ¿Qué quieres decir, Abdou?

—La policía marroquí mantiene un cerco policial en todas sus costas. Más de siete mil soldados controlan las playas del norte y del sur. Hacen redadas y deportan a los subsaharianos.

—Ya lo sé. Mi amigo Sidi me lo contó. Pero lo volveremos a intentar.

—Tu amigo tuvo suerte. Al fin y al cabo sigue vivo. Pero muchos mueren. Los policías llevan perros. Amontonan a los presos en celdas estrechas en condiciones inhumanas. Los torturan, confiscan los pocos bienes que tengan y les ocasionan heridas y un gran horror, incluso a las mujeres embarazadas y a los niños.

—¿Y tú cómo lo sabes?

—Conozco algunos que han intentado llegar a España por Marruecos hasta Ceuta o Melilla porque temen demasiado al mar como para viajar en cayuco hasta Canarias. Los que han conseguido regresar con vida cuentan que los marroquíes aterrorizan a los que esperan ser deportados en los campamentos de Benyuness y Gorugo. Allí los subsaharianos comían ratones, mosquitos y, algunos, reptiles y hierbas de los bosques para paliar el hambre y la sed que padecían durante semanas hasta que los expulsaban.

—Pero Sidi dice que nos podemos unir a grupos que organizan saltos colectivos de las vallas de Ceuta y Melilla ocupadas.

—¡No digas bobadas! ¿Acaso olvida tu amigo las balas de caucho y las bombas lacrimógenas de la Guardia Civil y de las fuerzas marroquíes?

Me siento confuso. Me tumbo en la esterilla y doy la espalda a Abdou. Esta vez no puedo hacer nada por contener las lágrimas.

—Vamos, Áhmen. No te pongas así. Lo siento, chico. Yo también estoy dispuesto a arriesgar mi vida por buscar un porvenir mejor o, al menos, una vida digna. Lo que pasa es que hay que estar bien informado, saber cuanto más mejor, y elegir la menos mala de las opciones para intentar salir de este infierno. Cuando me paguen este trabajo, tendré dinero suficiente para emprender el viaje.

Me incorporo y le miro casi con desesperación. Me indica con un gesto que baje la voz. No se debe de hablar de estas cosas en un sitio como este. No te puedes fiar de nadie.

—¿Y cómo lo harás, Abdou? ¿No dices que es imposible?

—Digo que no lo haré desde Tánger. Lo haré desde Senegal. Mi familia vive en Casamance, al sur del país. Desde allí me embarcaré en una travesía marítima de dos mil kilómetros para llegar a Canarias. Tardaré unos doce días en alcanzar mi sueño, ¿sabes, Áhmen? Así será si Alá quiere.

—¿Cómo sabes todo eso, Abdou?

—Porque mi hermano Malik lo consiguió. De vez en cuando envía dinero. Mi padre es carpintero y trabajó duro durante semanas para construir el cayuco en el que viajó mi hermano junto con otras ciento nueve personas. Así pudo pagar el pasaje de Malik.

—¿Y tu hermano escribe? ¿Cuenta en qué trabaja? ¿Cómo vive allí? ¡Ganará mucho dinero!

—Lo cierto es que no cuenta mucho, pero cuando envía dinero, mis padres se alegran mucho porque saben que ha encontrado una vida mejor. Mi padre ha ahorrado el dinero de mi pasaje. Yo trabajo para tener más dinero para cuando llegue a España.

Abdou se ha tumbado sobre la esterilla. Le digo que mañana le presentaré a Sidi y que le contaré todo lo que me ha dicho esta noche. Le digo que es afortunado por tener noticias de su hermano, porque yo no sé si estás vivo o muerto, Gamal. Abdou no responde. Se ha quedado dormido.

Justiprecio

Durante este mes de diciembre hemos trabajado duro. El capataz de Mohamed Lemine y sus hombres son tan despiadados como él. Nos tratan como a escoria. Tenemos el tiempo justo para beber algo de agua durante el turno de trabajo. Los turnos son de tres horas con quince minutos. Así durante jornadas de doce horas.

Por la noche nos encontramos con Sidi. Abdou nunca le ha caído bien. Supongo que no le ha hecho gracia que un chico nuevo eche por tierra todos sus planes. En cuanto tiene ocasión, Sidi me reprocha que le haga tanto caso a Abdou.

—No entiendo por qué le das tanto crédito a un desconocido, Áhmen.

—Pero, Sidi. Su hermano lo ha conseguido. ¿Qué hay de malo en contrastar otras experiencias? Al fin y al cabo, tú tuviste que regresar.

Me arrepiento de haber pronunciado estas palabras. Ojalá me hubiera mordido la lengua. Los ojos de Sidi se han encendido con un brillo que transmite rabia. Ha sido un golpe bajo.

—Perdona, Sidi. No quería decir...

—¡No importa, Áhmen! No tienes por qué disculparte. A partir de esta noche, nuestros caminos se separan. Vete con tu amigo. Te deseo toda la suerte del mundo. Te mereces una vida mejor. Que Alá te acompañe.

—Pero, Sidi, amigo… Vayamos juntos. Solo te pido que valores las palabras de Abdou, su experiencia…

—¡Déjalo, Áhmen! Yo seguiré mi camino. Sigue tú el tuyo. Con un poco de suerte, nos volveremos a encontrar en la vida. Espero que sea en un lugar mejor, amigo.

Nos hemos abrazado. Luego, Sidi se ha ido. Mientras le veo alejarse, pienso en ti. No sé si lo volveré a ver más. Desde que te fuiste, hermano, me he visto obligado a asumir tantas pérdidas que siento cómo el alma se me está quedando vacía.

Le he contado a Abdou lo que me ha pasado con Sidi. Él no ha dicho nada. Abdou nunca intenta convencerme de nada. Se limita a escuchar. Eso a veces me hace sentirme incómodo. Cuando se da cuenta de que espero una opinión suya, siempre dice lo mismo.

—De lo único que realmente eres dueño es de tus actos, Áhmen. Solo serás realmente libre cuando seas capaz de decidir por ti mismo. Has elegido dejar de ser un niño y has de tomar las riendas de tu propia vida.

Abdou tiene razón. Desde tu partida, los acontecimientos se han precipitado. No hay tiempo para sensiblerías de niño. Intento madurar, hacerme mayor deprisa, Gamal, pero en cuanto me invaden los temores, pienso en ti, en padre, en qué será de Salka, de Brahim, de madre… en qué será de mí.

Esta semana se da por concluida la recogida de la cosecha. Estamos a finales de diciembre y no he vuelto a saber nada de los nuestros desde octubre. Abdou dice que en cuanto le paguen volverá a Senegal para preparar el viaje. Yo creo que en el fondo le doy pena. Me ha dicho que si tengo dinero puedo ir con él.

Dinero. Madre me dijo que tuviera paciencia, que aprendiera a esperar. Pero la espera es amarga cuando lo que hay tras ella es incertidumbre, desarraigo, nostalgia, miedo. Miedo por ella, por si Mohamed Lemine la sorprende cogiendo el dinero del viaje. Miedo por si todo acaba mal.

He de intentar dormir. No puedo dormir si no dejo de pensar. A veces imagino que dentro de mi cerebro hay una compleja maquinaria que funciona mediante conexiones de ruedas y poleas, como las que utilizamos para sacar agua del pozo. Entonces yo fabrico un resorte que me permite conectar o desconectar el mecanismo que origina el pensamiento. Así puedo descansar. Puedo no pensar en nada. Descansar. Nada.

Me despierto sobresaltado. Fuera del barracón, oigo los gritos de Mohamed Lemine. Está discutiendo con el capataz. Los hombres no les prestan demasiada atención, pero a mí se me acelera el pulso. Intento acercarme lo suficiente para oír la acalorada conversación sin ser visto.

Mis temores de la pasada noche se acrecientan. Hablan de dinero. Mañana es día de pago para los jornaleros. El trabajo está casi terminado. Hoy hay que cargar la cosecha en camiones que la transportarán a las ciudades donde Mohamed Lemine tiene apalabrada la venta.

—¡Te digo que alguno de estos perros senegaleses me ha robado! Anoche regresé tarde de Nuadibí tras cerrar la venta del mijo. ¡Cuando llegué, mi esposa estaba aterrorizada y la casa totalmente desordenada!

—¡Cálmese, señor! Verá, no sé qué puede haber pasado. Es difícil controlarlos a todos. Ahora, con la cosecha en los graneros, algunos no caben dentro para dormir. Sé que buscan refugio en las ruinas de la ciudad antigua para resguardarse. No les puedo obligar a dormir a la intemperie. Enfermarían y usted perdería dinero si no están sanos para trabajar.

—¡Ladrones! ¡Desagradecidos! ¡Me dan ganas de no pagarles!

—Señor Lemine, nos lincharían. ¿Cuánto le han robado?

—¡Hasta para robar son miserables! Parece ser que solo les dio tiempo a coger unos cuatrocientos mil ouguiyas. Sorprendieron a mi esposa durmiendo, le introdujeron unos trapos en la boca para que no gritara, le cubrieron la cabeza con una tela y se la ataron alrededor del cuello. Mientras ella intentaba liberarse, los muy canallas aprovecharon para robarme.

—Lo siento, señor. Espero que su esposa se encuentre bien.

—¡A quién le importa, maldita sea! ¡No me duele el dinero que me han robado! ¡Si hubieran sido listos, me lo podrían haber quitado todo! Tenía el dinero para pagar los jornales y los desgraciados no han tenido ni la habilidad de hacerse con todo el botín. Había billetes por el suelo. Parece ser que, con los nervios, se les cayeron. ¡Sabandijas cobardes...!

—Pero, Mohamed, ¿ha avisado a la policía?

—Sí, estarán aquí en minutos. Quiero a todos los hombres encerrados en los graneros para ser registrados. Que no falte ni uno.

—Sí, señor, enseguida.

El corazón me golpea el pecho. Temo que desde fuera se oiga el ruido de mis latidos. Corro con los demás. No debo mostrarme agitado. Por Alá que no debo llamar la atención de la policía, y menos de Mohamed Lemine.

Abdou me mira extrañado. Creo que ha notado que me pasa algo. Tengo que controlarme, hermano. Tengo que ser dueño de mis propios actos, como dice Abdou, y tengo que empezar ahora.

—¿Qué pasa, Áhmen? Te noto algo agitado.

—¿Qué? ¡Ah, bueno, sí. Es que...

—¿Qué?

—Pues verás, Abdou, estaba orinando fuera cuando he escuchado a Mohamed Lemine hablando con el capataz. Parece ser que esta noche han robado en su casa. Han avisado a la policía. Vienen hacia aquí para registrar todo esto.

—Siempre la misma historia. En cuanto falta dinero a algún patrón, la culpa para los senegaleses. Yo ya estoy acostumbrado. ¡Bah! Ya verás como no encuentran nada. Ninguno de nosotros haría algo así. Te lo aseguro.

Me encojo de hombros. Realmente no sé qué decir, así que es mejor guardar silencio. No puedo dejar de pensar en lo que dijo madre sobre la manera de conseguir el dinero. Imagino que la espera a la que ella se refería la última noche que nos vimos ha llegado a su fin.

Conozco a madre. Sé que si ha sido ella, habrá sido doloroso tener que fingir que un ladrón ha entrado en casa de Mohamed Lemine. Debe de albergar mucho dolor en su corazón para haberse decidido a dar este paso. Madre me dijo que tenía que coger lo que era mío. Lo que yo me debería haber ganado trabajando como un asalariado más para Mohamed desde que padre murió. Rezo a Alá para que este hombre despiadado no descubra jamás lo que ha pasado.

Cinco policías han venido al *ouad*. Nos han obligado a todos a abrir los hatillos donde guardamos nuestras escasas pertenencias. Después nos han hecho desnudarnos. Tras registrarnos uno a uno, han hablado con Mohamed Lemine.

—Señor Lemine, ninguno de estos hombres tiene el dinero que le ha sido sustraído. Un agente ha hablado con su esposa, pero ella repite una y otra vez que la sorprendieron mientras dormía y que no pudo ver a sus asaltantes. Por el desorden que había en su casa, no podemos descartar que los ladrones hayan huido después del robo. Posiblemente haya sido alguien que le haya escuchado a usted cerrar sus negocios. ¿Dónde ha estado últimamente?

—Estos días he estado viajando a Tidjika, a Nuadibí y a Atar. En todas estas ciudades he cerrado tratos.

—En estos tiempos, muchos ladrones a pequeña escala se mueven por las ciudades comerciales, atentos a cualquier conversación que les pueda indicar quién está moviendo dinero con sus negocios. Muchos son jóvenes, casi niños. Luego, solo tienen que seguirlos a ustedes. Créame, no lo tienen difícil.

—¡Malditas alimañas!

—Por la cantidad sustraída, todo hace pensar que se trata de unos ladronzuelos del tipo que le comento. Esté atento. Nosotros seguiremos con nuestras pesquisas y mantendré algunos agentes por aquí hasta que sus jornaleros regresen a Senegal. Si averiguamos cualquier cosa, se lo haremos saber.

—Gracias, agente. Más valdría que los atrapasen ustedes, porque si los cojo yo, por Alá...

—Bueno, cálmese, Lemine. Podría haber sido mucho peor. Estaremos en contacto si hay novedad.

Nos hemos vestido. El resto del día ha flotado en el ambiente una sensación ligeramente hostil. Los hombres se han sentido humillados. Desean cobrar. Al amanecer, las camionetas los devolverán a la frontera de Senegal.

Abdou está poniendo de nuevo sus cosas dentro del hatillo. Se da cuenta de que lo observo. De repente, me hace una pregunta para la que no sé si tengo respuesta.

—¿Qué, Áhmen, te vienes conmigo mañana?

—Yo...

No sé qué decir. Después de lo sucedido con el robo en casa de Mohamed Lemine, entiendo que madre ha conseguido dinero, incluso algo más del que cuesta el viaje. Pero he de esperar para estar seguro. No tengo ni idea de cómo me hará llegar el dinero. No sé qué va a pasar a partir de ahora.

Abdou me mira y no dice nada. Se sienta a esperar a que el capataz los avise para cobrar. Coge un palito del suelo. Se pone a dibujar en la arena. Es una barca. Una barca grande en mitad del mar.

Después de mediodía, los camiones están cargados con el grano. Los hombres recogen sus pertenencias. El capataz lleva una lista en la mano. Delante de uno de los graneros han puesto una pequeña mesa desvencijada y una silla. Mohamed Lemine se sienta en ella. El capataz va nombrando uno a uno a los jornaleros y se les entrega el dinero por su trabajo.

No quiero que Mohamed me vea siquiera y me voy a dar un paseo. A lo lejos, en el pequeño campo donde padre tenía las palmeras que Mohamed Lemine ordenó arrancar, me parece divisar a unos niños jugando. Me acerco lentamente mientras recuerdo cómo padre y tú os encaramabais a las palmeras y dejabais caer los dátiles. A medida que me aproximo, me doy cuenta de que los niños son Brahim y Salka. Brahim me ha visto. Mira hacia los lados y me hace una señal. Me acerco hasta donde juegan.

—¡Salka, Brahim!

Brahim pone un dedo sobre sus labios, indicándome que no levante la voz. Se parece mucho a ti. Al hacer este gesto lo veo mayor, más maduro.

—Madre nos ha dado este paquete para ti, Áhmen. Nos ha dicho que no nos dejemos ver juntos y que estés tranquilo porque nosotros estamos bien.

—¿Y madre, cómo está? ¿Cómo la trata Lemine?

—Desde que tiene una esposa joven, no le hace caso. Apenas le pega porque la necesita para trabajar en casa.

—¿Y vosotros?

—Nosotros vamos a la escuela. Ahora su esposa va a dar a luz un hijo. Madre dice que así nos dejará en paz.

—Brahim, Salka, no dejéis nunca de ir a la escuela mientras podáis. Yo cuidaré de vosotros y de madre. Aunque no nos veamos, estaré cerca. Brahim, te estás convirtiendo en un hombrecito. Cuida de Salka y de madre.

—Te lo prometo, Áhmen. ¿Cuándo estaremos todos juntos?

—Pronto, Brahim. Ahora marchaos y no digáis a nadie que nos hemos visto.

Aprieto contra mi pecho el pequeño fardo que me ha dado Brahim. Lo escondo rápidamente bajo mis ropas.

Madre debió de oír que la policía registraría a los hombres que trabajan para Mohamed, por eso no me hizo llegar antes el dinero. Ahora menos que nunca debo llamar la atención, de manera que vuelvo a los graneros para mezclarme con los senegaleses. Afortunadamente, Mohamed Lemine está muy ocupado pagando a los jornaleros.

Punto y aparte

ESTA NOCHE MÁS QUE NUNCA, me habría gustado ir a la ciudad antigua y sentarme en las ruinas de la mezquita, pero sería una imprudencia. La policía sigue alerta, aunque me da la impresión de que no ponen demasiado celo en su trabajo. Es mejor no andar solo para no levantar ningún tipo de sospecha. Además, no me atrevo a dejar el dinero en el granero ni a llevarlo encima. He enterrado el pequeño fardo en la arena, debajo de mi esterilla. Encima de ella he extendido la poca ropa que tengo de una manera aparentemente descuidada. Aunque Abdou dice que ningún senegalés sería capaz de robar, no estoy dispuesto a correr riesgos, de manera que hoy no saldré a dar mi paseo nocturno.

No me ha hecho falta contar el dinero. Escuché perfectamente a Mohamed Lemine decir la cantidad que echaba en falta. Era más que suficiente. Madre había procurado que tuviese bastante para pagar el pasaje y que me quedase dinero para comer y alojarme. Cuando Abdou se ha tumbado en su esterilla, le he contestado a la pregunta que me ha hecho esta mañana.

—Me voy contigo, Abdou.

—Bien, amigo, bien.

—Pero necesito que me ayudes.

—Cuenta con ello. Dime, ¿qué necesitas?

—No te puedo decir por qué, pero aquí no deben enterarse de que me marcho. Si Mohamed Lemine se entera, me lo impedirá. Ese hombre me odia.

—¿Por qué?

—Es una larga historia. Te lo contaré cuando estemos lejos de aquí.

—Está bien. En ese caso, te recomiendo que antes de que amanezca te escondas en una de las camionetas que nos llevarán hasta la frontera de Senegal. Escóndete bien. Yo te ayudaré a cubrirte con alguna lona. Suerte que estás muy delgado. No debes moverte de tu escondite hasta pasar la frontera. La policía de Senegal no se entretiene en registrar camionetas con jornaleros. Apenas si echarán un vistazo al remolque de la camioneta y poco más. No habrá problemas para pasar.

No hemos intercambiado ni una sola palabra más. No ha hecho falta. Creo que Abdou ha visto el miedo en mis ojos porque me ha estrechado la mano para darme seguridad. Me siento bien con él. Me recuerda a ti.

A eso de las cuatro de la madrugada, Abdou me ha zarandeado ligeramente. Yo estoy despierto. He sido incapaz de pegar ojo. Con un gesto me ha indicado que me levante. Me ha dicho que coja solo el dinero, que él se encargará de mi ropa. Ha metido mi esterilla debajo de la suya para que no se note que falta alguien.

Hemos permanecido inmóviles, adaptando nuestros ojos a la oscuridad. Hemos avanzado con movimientos casi felinos entre los hombres que duermen. No hay ni un signo de que alguien permanezca despierto. Los policías se han marchado cuando nos hemos metido en los graneros, ahora vacíos, a dormir.

Fuera están las dos camionetas que devolverán a los senegaleses a su país. Abdou elige una en la que se ve una lona dejada caer de forma descuidada entre la cabina y el remolque, en la zona donde se enganchan el uno a la otra. Me dice que me meta entre la lona. Al principio me cuesta respirar, pero creo que es por los nervios. Noto cómo Abdou hace algunos movimientos fuera intentando sujetar la lona con una cuerda. Oigo que me susurra.

—Así estarás más seguro, no vaya a ser que con el traqueteo del camino caigas a la carretera.

—Está bien.

—No te muevas, no hagas ni un ruido, amigo. Cuando todo pase, te sacaré de ahí.

—Vale.

Es lo último que hablo con Abdou. Me siento como un insecto atrapado en una tela de araña. La araña ha tejido alrededor de mi cuerpo una especie de capullo y yo no puedo moverme. Si me muevo, llamaré su atención y me atacará.

Los minutos se hacen eternos. Rezo a Alá para que amanezca y nos pongamos en marcha. Me duele el cuerpo. Al menos, la lona me protege algo del frío. Cómo me gustaría que madre estuviera aquí para abrazarme.

No sé cuánto tiempo ha pasado. Envuelto en la lona, soy incapaz de distinguir si el día clarea o todavía es noche cerrada. Al cabo de un rato, se oyen las primeras voces. Me quedo inmóvil. Los hombres van saliendo de los graneros. Hablan entre ellos. Noto que empiezan a subir a la camioneta porque el remolque se zarandea. Me sujeto fuerte a la lona. Me aterroriza pensar que puedo caer y ser descubierto. Ni siquiera pienso en que si la lona se suelta durante el camino, caeré bajo las ruedas del remolque. Eso no me preocupa ahora. En este momento solo pienso en salir de este desierto infernal. De esta trampa de arena.

Alguien sube a la cabina y da una orden. El motor se pone en marcha. La camioneta arranca. Noto mis piernas húmedas y calientes. Me doy cuenta de que me he orinado encima. Tengo miedo. Por un instante creo que voy a gritar, Gamal. Me contengo. ¿Es así como te sentiste tú cuando te marchaste, hermano?

Me agarro a la lona y a todos los recuerdos de las cosas vividas a lo largo de mis catorce años. Ese es todo el equipaje que me llevo para mi viaje hacia una vida mejor. ¿Qué estará pensando madre en estos momentos? ¿Qué hubiese dicho padre? Algunas veces, cuando padre se reunía con sus amigos que también eran campesinos, me llamaba poderosamente la atención que muchos de ellos estuvieran de acuerdo en que lamentarían más la muerte de una cabra que la de un hijo. Imperaba en ellos la lógica implacable de la supervivencia: la cabra era imprescindible para alimentar a la familia, mientras que el hijo era una boca más que alimentar.

Pero padre no pensaba así. Padre estaba orgulloso de nosotros, especialmente de ti, Gamal. Creo que me alegro de que no pueda saberme aquí, escondido entre unas lonas, intentando seguir tus pasos en lugar del sendero de rectitud por el que él nos intentó educar para aceptar lo que teníamos o, en realidad, lo que no teníamos. Su capacidad de resignación te superó, por eso te fuiste y pusiste punto y aparte a tu vida en Chinguetti.

Fronteras

Abdou me dijo que no pararíamos hasta llegar a Ouadane. Hay una distancia de aproximadamente ciento veinte kilómetros. Me dijo que bebiera mucha agua antes de envolverme en la lona. Creo que por eso me oriné encima.

Las camionetas han tomado el camino viejo de Ouadane, que en realidad no es un camino en absoluto. Se va entre dunas, siguiendo las rodadas de otros vehículos, si las hay.

Ouadane fue una gran ciudad que quedó abandonada hace siglos debido a una plaga de termitas. Tuvo gran importancia comercial en su día y ahora es un villorrio que vive en gran parte del turismo. Allí las camionetas han detenido la marcha. Los hombres han bajado de los remolques. Esta parada será breve. Ya me lo dijo Abdou.

—Después de parar en Ouadane, nos dirigiremos a Rosso. Rosso es una ciudad fronteriza que está dividida en dos por el río Senegal. La parte norte es mauritana y la sur senegalesa. Entre ambas orillas circula un transbordador.

—¿Cómo sabré yo que hemos conseguido pasar a Senegal?

—Tú solo tienes que esperar y estar inmóvil.

—Cuando lleguemos al río Senegal, habrá mucha gente con carros llenos de mercancía, mendigos y personas que intentan buscarse la vida al otro lado del río. Un militar nos pedirá los pasaportes y dos mil ouguiyas por cabeza. Además, hay que pagar un impuesto de mil ouguiyas para salir de Mauritania. El río Senegal es ancho, marrón, pero lleno de vida, con piraguas atracadas. Siempre hay multitudes en las dos orillas y un transbordador que va llenándose de coches, camiones y gente con carros de mano. Si todo va bien, que irá bien, el militar nos devolverá nuestros pasaportes con el sello de salida. Nos montaremos en el trasbordador y estaremos en Senegal.

Cuando Abdou me contó esta parte del viaje, no parecía difícil. Pero ahora, envuelto en la lona, entumecido, sediento y asustado, veo el final de esta situación lo suficientemente impredecible como para sentirme aterrado.

Al menos de momento, todo parece marchar tal como dijo Abdou. Después de un espacio de tiempo que no soy capaz ya de calcular, la camioneta va aminorando la marcha hasta detenerse. Oigo lo que parece el murmullo de mucha gente. Escucho voces cercanas a la cabina de la camioneta. Creo que hemos llegado a la frontera con Senegal. Ahora más que nunca he de permanecer inmóvil. No resulta difícil, pues el miedo me tiene petrificado.

Gracias a que Abdou me relató este episodio de la frontera, consigo no desesperar. El trámite del sellado de pasaportes resulta tedioso, pero nada indica que vaya a surgir ninguna dificultad. Los jornaleros han pagado al militar los ouguiyas que les pide y las camionetas ponen los motores en marcha. Avanzamos lentamente. Imagino que estamos guardando cola para subir los vehículos al transbordador.

En este momento, el motor de la camioneta ha parado. Debemos de estar arriba del transbordador. Debemos de estar en Senegal. He superado la primera prueba, Gamal. Allá voy.

Empiezo a impacientarme. De nuevo, movimiento en la camioneta. Debemos de estar bajando de la barcaza. Unos metros más hacia delante, el vehículo vuelve a parar motores. Noto cómo los hombres bajan del remolque y hablan entre ellos. Abdou ha aprovechado el intercambio de despedidas entre sus compañeros de viaje para soltar la cuerda que me mantiene envuelto en la lona. Aprovecho para colarme por el primer resquicio que encuentro y saltar fuera de la tela.

Apenas puedo abrir los ojos. La luz del sol me molesta. Abdou tiene que tirar de mí porque me he quedado paralizado. En realidad, siento que mis piernas no me obedecen. Me cuesta caminar.

—Vamos, amigo. Todo ha ido bien. Ya te lo dije. Ahora, tú y yo nos ponemos en marcha. Tenemos que llegar a mi casa.

—¿Vives muy lejos de aquí?

—Vivo en Ziguinchor. Aún nos faltan algunos kilómetros por recorrer. Ven, compraremos dos billetes de autobús.

Me dejo llevar por mi amigo. No tengo fuerzas para más. En la rudimentaria estación de autobuses, compramos comida y algo para beber. Cuando subimos al autobús, me siento casi reconfortado al poder sentarme, a pesar del mal estado en el que se encuentra el vehículo.

Me he quedado dormido. Abdou me ha despertado. Ignoro cuántas horas llevamos viajando. El sol ya se ha puesto. Mis ojos, acostumbrados al paisaje del desierto, a la gama de flavos colores con los que el sol tiñe las dunas, miran asombrados el espectáculo. Todo alrededor está pintado de tonos verdes hasta ahora desconocidos para mí. Palmeras, árboles frutales, campos de arroz, de maní... se extienden a nuestro alrededor. Mi amigo sonríe.

—Vamos, Áhmen. Tenemos que llegar a mi casa. Allí podremos descansar de verdad.

Sigo a Abdou, que avanza con seguridad por las calles de Zinguinchor. Veo algunos letreros que apuntan hacia Dakar. Hay mucha gente por las calles. Es una ciudad bulliciosa, con numerosos comercios. Nos dirigimos a las afueras. Después de un buen rato caminando, Abdou se detiene delante de una casa blanca de dos alturas.

—La planta baja es la carpintería de mi padre. Arriba tenemos la vivienda. Ven, entra.

Subimos por una estrecha escalera interior que está al fondo de la estancia que el padre de Abdou utiliza para su trabajo de carpintero. Atravesamos una puerta estrecha, que chirría al abrirla. Accedemos a una sala rectangular. A la derecha hay una cocina. A la izquierda, bajo un gran ventanal, una recia mesa de madera en la que están dispuestos tres platos y sus respectivos cubiertos. Una olla humea en el fogón. Huele bien. Mi estómago se resiente del hambre que tengo.

De repente, una puerta se abre al fondo de la estancia y aparece un niño de unos ocho años. El niño corre hacia Abdou y lo abraza riendo.

—¡Has vuelto! ¡*Baba*, *baba*, Abdou ha vuelto!

El chico se ha ido corriendo. Abdou sonríe.

—Es mi hermano pequeño, Modou. Somos tres chicos. Con un poco de suerte, entre Malik y yo conseguiremos reunir a toda la familia en España. Espero que Modou no tenga que arriesgar su vida para llegar hasta allí. Mi padre trabaja en su carpintería, pero apenas tiene trabajo. Cada vez hay menos encargos. La gente compra muebles hechos de materiales que resultan más baratos. Cuando es época de recoger el maní, mis padres trabajan en los campos de otros, pero el jornal no es suficiente para aguantar demasiado tiempo. Menos mal que Malik manda dinero siempre que puede.

—Yo también tengo hermanos pequeños. Dos. Quiero llegar pronto a Europa para buscar trabajo. Espero tener noticias de mi hermano Gamal. Le prometí a mi madre que volvería por ellos.

Modou vuelve a entrar en el pequeño salón. Un hombre y una mujer vienen ahora con él. Deben de ser los padres de Abdou. Abrazan a su hijo. Mi amigo me presenta a sus padres, que también me acogen con un abrazo sincero y cálido al que yo correspondo agradecido.

La madre de Abdou es joven, guapa y sonríe constantemente. Tiene los dientes más blancos que he visto jamás. Su piel es muy oscura, más que la de madre, pero está brillante, pulida como si fuera una estatua de ébano. Madre tiene la piel reseca por el viento y la arena, que actúan como una maquinaria de destrucción implacable sobre todo lo que tocan.

El padre es un hombre alto, delgado, de movimientos pausados y voz apacible. Es extraordinariamente amable. Me ha preguntado por mi familia. Le he contado todo lo que ha sucedido desde que te marchaste, hermano.

Él escucha con atención, igual que Abdou. No les he dicho cómo he conseguido el dinero para viajar. No le puedo hacer eso a madre. El padre de mi amigo tiene un gesto serio mientras escucha mi historia.

—Eres un chico valiente y un buen hijo, Áhmen. Rezaré a Alá para que encuentres a tu hermano. La casa de mi hijo es también tu casa. Te quedarás con nosotros hasta que vuestra partida esté lista. Antes del viaje, iremos a ver al morabito para que os dé su bendición.

—¿Cuándo te han dicho que partiremos, padre?

—En dos meses, el tiempo será más apacible. Ahora los vientos cambiantes del invierno hacen más peligrosa la travesía. Las primeras salidas está previstas para marzo. Hasta entonces hay que coger fuerzas y ser discretos. No conviene ir hablando con todo el mundo de vuestros planes. Yo me encargaré de conseguir un pasaje para Áhmen de manera que viajéis juntos.

—Señor... tengo que cambiar mi dinero por francos CFA. Yo no sé... no sé si usted podrá ayudarme.

—Claro, hijo. No te preocupes. Ahora sentaos a cenar. Hay sopa de verduras y pescado. Ya nos ocuparemos de todo eso. Hay tiempo. No te preocupes, muchacho.

Hacía mucho que nadie era tan amable conmigo. La cena está buenísima. Nunca había probado el pescado que ha cocinado la madre de Abdou. Es delicioso. Después de saciar mi hambre, me siento agotado. Mi amigo me acompaña hasta una estancia que hay en un pequeño altillo. En el suelo hay dos colchones. Abdou coge otro colchón que está enrollado apoyado en una pared.

—En este colchón dormía Malik. Ahora dormirás tú.

—Gracias, amigo mío. Gracias por todo.

—¡Bah, no digas bobadas! ¿Acaso tú no lo harías por mí?

—Por supuesto, Abdou.

—Pues entonces, basta de cháchara y a dormir. Estoy reventado.

Damos las buenas noches a sus padres. La madre de Abdou nos da un beso a cada uno. Modou se sube con nosotros a dormir, cogido de la mano de ambos. Por primera vez durante estos últimos meses, me siento a salvo. Tengo el tiempo justo para llegar al colchón. No recuerdo nada más. Caigo en un sueño profundo y reparador.

Casamance

Los días pasan apaciblemente. El padre de Abdou me enseña algunas cosas básicas de carpintería. Dice que es bueno saber un poco de todo, que nunca se sabe para qué puede servir. A mí me gusta el olor de la madera cuando se trabaja.

Modou va a la escuela, que no está demasiado lejos de casa. Nosotros lo acompañamos cada día. Luego nos acercamos hasta la playa para ver si pescamos algo. No todos los días hay suerte. Otras veces nos sacamos algún dinero cargando y descargando los camiones que llegan para abastecer los comercios de Ziguinchor.

Pronto acabará la estación más fresca. Para marzo y abril ya empieza a hacer más calor. Cada vez queda menos para el gran viaje.

Por la noche, Moustapha, el padre de Abdou, nos muestra los francos CFA que ha obtenido al cambiar los ouguiyas en el mercado negro. Me entrega ochocientos mil francos CFA[10]. De este dinero que consiguió madre para mí, unos cuatrocientos mil francos CFA serán para pagar mi pasaje en el cayuco. Intento convencer a Moustapha para que me deje pagarle por alojarme, pero se niega rotundamente.

---

[10] Unos mil doscientos euros.

—Cuando llegues a España te hará falta, hijo. Ahora debéis guardar todo el dinero que consigáis. Ya os ocuparéis de vuestras familias cuando logréis un trabajo en una nueva tierra. Mañana iremos a visitar al morabito de nuestra cofradía. Cualquier día de estos nos avisan para que embarquéis. Hay que tener su bendición.

Yo asiento con la cabeza. Me gustaría que el morabito me diera uno de esos *gri-gri* como los que mi amigo lleva atados a su cintura y en sus brazos. Agradeceré cualquier cosa que me dé valor. Nos retiramos a dormir, y Abdou y yo no dejamos de hacer planes hasta bien entrada la noche.

Nace un nuevo día. Esta mañana hemos tomado algo de fruta y leche de oveja para desayunar. Abdou y yo acompañamos, como cada mañana, a Modou a su escuela. Moustapha nos espera después para ir a la cofradía.

El morabito nos entrega un ungüento. Dice que nos lavemos con él antes de subir al cayuco. También nos ha dado varios *gri-gri* y nos ha dicho que cada vez que nos encontremos en peligro durante el viaje, recitemos mil veces el nombre de Alá.

Después de visitar al morabito, regresamos a casa de Abdou. Su padre ha de acercarse hoy a hablar con un hombre sobre el viaje. Me ha pedido los cuatrocientos mil francos CFA y se ha marchado. Al cabo de un par de horas ha regresado. Se le ve satisfecho.

—Os marcháis la semana que viene. Esta vez va menos gente en el cayuco que cuando se marchó Malik. Eso es mucho mejor. El lunes iremos a Casamance. Saldréis desde allí.

Abdou y yo nos miramos. Es una mirada de complicidad, de esperanza. Pienso en Sidi un segundo. ¿Qué habrá sido de él? Me gustaría volver a encontrarme con Sidi. Es un buen chico. La última vez que vi a madre, me dijo que me apartara de las personas que no fueran buena gente. A veces no resulta fácil distinguir entre la gente buena y la gente mala. Yo me siento afortunado por toda la ayuda que estoy recibiendo de la familia de mi amigo. Espero que Sidi tenga tanta suerte como yo.

Hoy es jueves. Durante los tres días que nos quedan antes de marcharnos, la madre de Abdou nos ayuda a hacer acopio de algunas cosas esenciales para el viaje. Ha comprado frutos secos, ciruelas deshidratadas y dátiles. Ha conseguido también dos botellas de plástico para llenarlas de agua. Cuando la miro me recuerda a madre. Lo hace todo con serenidad. Me ha preparado alguna ropa de Abdou. Dice que por la noche hará frío en el cayuco. Dobla las prendas con una sonrisa, pero es una sonrisa distinta a la de días atrás. Esta es una sonrisa de resignación, de amor por el hijo que va en busca de la dignidad. Es una sonrisa de admiración por un hijo que se va a jugar la vida por un futuro mejor para los suyos.

Abdou y yo jugamos con Modou. Abdou dice que lo echará de menos. Ciertamente es un niño muy divertido y cariñoso.

—Tienes que portarte muy bien, pequeñajo. Y tienes que estudiar mucho en la escuela. Así, cuando Malik y yo vengamos a buscaros para llevaros a España, allí podrás ser médico o abogado.

—Sí, Abdou. Me gusta la escuela. Pero yo preferiría irme ahora contigo. ¿Por qué no me llevas contigo? Seré obediente. Iré a la escuela en España.

—No, Modou. Eres demasiado pequeño. El viaje es muy peligroso. Solo pueden ir los hombres.

—Pero tú y Áhmen no sois hombres. Solo sois chicos.

—Ya, Modou, pero somos chicos mayores y valientes. A nosotros no nos puede pasar nada. Además, mira nuestros *gri-gri*. Estamos protegidos por Alá.

—Pero...

—Basta, Modou. Además, sabes que no se debe hablar de esto con nadie. No debes olvidarlo. Tienes que prometer que nunca hablarás del viaje, ni siquiera con tus amigos del colegio.

—Lo prometo. Sabes que siempre cumplo mis promesas. Nunca he hablado con nadie de la marcha de Malik.

—Muy bien, hermano. Nuestros padres saben lo que tienen que decir. Ellos pueden dar las explicaciones necesarias. Eres un buen chico.

Abdou bromea con su hermano. Le quita una pelota que le ha fabricado envolviendo papeles dentro de una bolsa y atándola fuerte. Me pasa la pelota. Modou intenta quitárnosla, pero no logra alcanzarla. Al final, su hermano se la devuelve.

—¿Ves cómo eres un enano? Anda, vamos a casa. Cuando llegue a España, te compraré una pelota de fútbol reglamentaria y te la mandaré.

—¿De verdad? ¿Me lo dices en serio?

—Por supuesto. Y ahora vamos. Nos estarán esperando para cenar.

Después de la cena ha venido a casa un amigo del padre de Abdou con su hijo. El hombre posee una pequeña frutería. Su hijo viajará con nosotros. Se llama Mor y tiene diecisiete años. Han venido a hablar sobre el viaje. El amigo de Moustapha tiene una furgoneta. Él nos llevará hasta Casamance. Los hombres han quedado de acuerdo para salir antes de que amanezca. No conviene que nadie nos vea. No es aconsejable. Nunca se sabe si alguien podría denunciarnos.

Pasamos los tres días que faltan para la partida hablando sobre el viaje. Los padres de Abdou ultiman los preparativos. Nos han conseguido un par de pequeñas mochilas donde cabe lo necesario para la travesía. Una vez en tierra, tendremos que arreglárnoslas por nosotros mismos y habrá que administrar bien el dinero que nos ha quedado después de pagar el pasaje.

La noche del domingo, la madre de Abdou prepara una cena especial. Hay ensaladas, verduras, pescado, carne de cordero y unos dulces deliciosos. Dice que tenemos que estar lo más fuertes posible e insiste en que no debe sobrar nada. Moustapha habla de Malik, de los preparativos de su viaje. Recuerda la construcción del cayuco. Fue un trabajo duro, pero mereció la pena. Cuenta que hizo su trabajo a conciencia para que nada fallase. Era un cayuco excelente. Hecho con la mejor madera, sin grietas, sin posibilidad de que entrase ni una gota de agua. Cuando dice esto, se le nota preocupado. Su esposa lo mira y agacha la cabeza. Me ha parecido ver que se le humedecían los ojos. Es la primera vez que la veo así. Moustapha también tiene ahora un gesto preocupado, pero enseguida cambia de conversación.

Modou se ha quedado dormido. La madre de Abdou se levanta para llevarlo en brazos a la cama, pero él se le adelanta.

—Déjame, madre. Yo llevaré a Modou a la cama. Así le daré un beso de buenas noches para despedirme de él.

Ella asiente. Moustapha ha cogido un instrumento musical que él mismo ha fabricado. Es como una flauta. De ella surgen notas suaves. Es una música sin palabras que, sin embargo, habla de añoranza, de búsqueda de seres amados, de deseos por cumplir.

Doy las buenas noches y me retiro al altillo donde duermo con Abdou y su hermano. Mi amigo me sonríe. Dice que es mejor que esta noche no hablemos para dormir todo lo que podamos. Se tumba en su colchón en silencio. Desde aquí se puede oír tenuemente la música de la flauta. Me dejo llevar por sus notas. Intento evadirme de la realidad. Imagino que soy etéreo. Las notas musicales bailan alrededor. De pronto, una corriente las arrastra hacia sí. Las notas avanzan alegres y jubilosas hacia esa fuerza. Yo consigo asirme a una corchea y me dejo llevar hasta un mundo en el que seres imposibles fabrican sueños para curar heridas. Entonces comprendo que este es mi destino, ya no hay marcha atrás.

Principio

MOUSTAPHA HA SUBIDO A DESPERTARNOS. Desconcertado, me incorporo en el colchón. Tengo la sensación de que acabo de acostarme. El padre de Abdou me ayuda a levantarme. Mi amigo ya está en pie. Se está vistiendo con unos pantalones largos y unas deportivas. Me tiende otras a mí.

—Toma, Áhmen. Ponte tú estas. Son mías. Te vendrán mejor. Yo usaré unas que dejó mi hermano. Para el barco es mejor llevar este calzado.

—Gracias.

Me pongo un chándal que me ha dado la madre de Abdou. Me calzo las zapatillas. Me tiemblan los dedos cuando intento atarme los cordones. Moustapha se ha dado cuenta. Me siento avergonzado. El hombre se arrodilla frente a mí.

—Déjame, Áhmen. Estás demasiado dormido para ajustarte bien los cordones. En cuanto tomes algo de comer te despejarás.

Lo miro agradecido por no hacer ningún comentario que me haga sentir mal. Lo cierto, Gamal, es que estoy muy nervioso. No sé si voy a poder probar bocado. Noto que el estómago entero cabría en uno de mis puños.

Abdou se muestra decidido y muy animado. No entiendo cómo lo hace. Es posible que sea una estrategia. Sé que está preocupado y triste por sus padres. Me lo dijo

83

ayer. Por eso quiere mostrarse fuerte, para aliviar la angustia de ellos. Es un muchacho con un gran corazón y muy valiente. Me alegro de poder contar con él para este viaje hacia lo desconocido.

La madre de Abdou ha preparado leche caliente, frutos secos y unas tortitas de harina con miel. Hago grandes esfuerzos por comer. Sé que ella se quedará más tranquila y que lo que nos espera será duro y hay que ir preparado. Aún no hemos terminado de desayunar cuando se oyen dos golpes en la puerta de la carpintería. Moustapha baja a abrir. Al cabo de unos segundos entra con Mor y su padre.

Moustapha invita a los recién llegados a sentarse a la mesa. La madre de Abdou prepara otro tazón de leche para Mor, que la acepta agradecido. Mientras el muchacho termina la leche, ella va recogiendo la comida que ha sobrado y la prepara para el camino junto con algo de fruta. Observo sus movimientos, pausados, disciplinadamente serenos. Hoy no sonríe. Solo calla.

Son las dos de la madrugada. Ha llegado el momento de despedirse. Beso a la madre de Abdou y le doy las gracias. Ella me abraza. Luego me retiro hacia donde están los hombres. Nada debe interrumpir este último abrazo entre Abdou y su madre. Yo los miro por el rabillo del ojo. Su madre le besa en silencio. Le acaricia la cabeza y le susurra algo al oído. Mi amigo asiente suavemente. Coge su mochila y la mía y se acerca a nosotros.

—En marcha. No hay tiempo que perder. Antes de que amanezca, nos esperan en Casamance para que embarquéis.

—Estamos listos, padre.

—Pues vamos, entonces.

Bajamos las escaleras hasta la carpintería. Salimos fuera. El aire es frío. El amigo de Moustapha ha aparcado la furgoneta en la parte trasera. Abdou vuelve el rostro. Se ha oído el postigo de la ventana del primer piso. Yo no puedo evitar girarme. Su madre está asomada. Tiene la cara bañada en lágrimas. Levanta la mano en un resignado gesto de despedida. Pongo mi mano en el hombro de Abdou. Él pone su mano sobre la mía y la aprieta. Cuánto duelen las despedidas cuando no hay fecha para el reencuentro.

La furgoneta es un vehículo bastante rápido. Hacemos el camino en silencio. Nadie tiene demasiadas ganas de hablar. No sabría explicarte cómo me imaginaba todo esto. Cuando te fuiste, me pareció que todo era fácil. Solo había que decidirse y dejar atrás aquel lugar maldito. Solo eso. Ahora que pesa sobre mí cada minuto desde que vi por última vez a los nuestros, cada metro que me alejo de lo conocido para acercarme a lo desconocido, ahora no me parece tan sencillo, hermano. Estoy acompañado de amigos, pero me sé completamente solo.

Al cabo de un rato empiezan a verse letreros indicando dirección Casamance. Hoy la luna está creciente. Dice Moustapha que interesa que no esté llena porque nos podrían descubrir, y que en un par de días tendremos más luz por la noche durante la travesía.

Mor se ha quedado dormido. Abdou está callado. Parece pensativo. Busca entre la comida que ha preparado su madre. Coge un puñado de maní. Me tiende la mano para que coja. Yo niego con la cabeza.

—¿Cuánto falta para llegar, Abdou?

—Poco. Hemos de llegar antes de que amanezca. El cayuco debe partir antes de las primeras luces del día.

—¿Cómo lo sabes?

—Mi padre me lo contó cuando se fue Malik.

Después de decir esto, se vuelve a quedar callado. Los hombres hablan bajo entre ellos. Intento aguzar el oído. El padre de Mor está preocupado por la seguridad de la embarcación.

—Espero que no nos la jueguen, Moustapha. Cuando se marchó tu hijo mayor fue distinto. Al menos tú sabías que el cayuco aguantaría.

—Tienes razón, amigo. Yo también estoy preocupado. Esta vez no hubo trato. Esta vez me exigieron el dinero del pasaje. No aceptaron que fabricara el cayuco como pago.

—No sé, Moustapha. No tengo buenos presentimientos.

—Solo podemos rezar para que Alá los proteja. Nosotros no podemos cambiar el mundo. A mí tampoco me hace gracia que mis hijos tengan que jugarse la vida para conseguir que los respeten. Las cosas cada vez están peor. ¿Qué futuro tendrían aquí?

El padre de Mor aprieta las manos sobre el volante. Me pregunto qué pensaría padre si hubiese podido hablar con ellos, con otros padres que sufren por sus hijos como él sufría por nosotros. Si estuvieras aquí me dirías que padre no nos hubiese dejado marchar jamás. Puede que tengas razón. Imagino que si amas mucho a alguien, debe de ser difícil elegir entre dejarle que intente sobrevivir con los pocos medios que tiene o dejarle arriesgar su vida por intentar conseguir algo mejor. Ambas decisiones deben de ser muy dolorosas.

El padre de Mor va disminuyendo la velocidad. Marchamos por un camino paralelo a la playa. No muy lejos se ve una especie de escollera. Dirige el vehículo hacia allí. Al cabo de unos minutos nos detenemos.

—Esperad aquí. Vamos a ver si todo está en orden. Ahora regresamos.

Abdou despierta a Mor. Los tres permanecemos dentro de la furgoneta. Fuera solo se oye el sonido de las olas al romper en la orilla. Los minutos pasan. Los hombres no vuelven. Fuera debe de hacer frío. Mor saca una linterna. Es pequeña. La enciende y Abdou le dice que la apague.

—Es mejor que no vean la luz, Mor. A veces hay militares vigilando las playas. Si nos descubren, nos quitarán todo el dinero y puede que nos obliguen a volver a casa.

—Tienes razón, Abdou. Es que estoy impaciente por subir al cayuco. Espero que todo vaya bien. No sé por qué tardan tanto en volver.

—Hay que tener paciencia. Si no regresan en unos minutos, iré a ver qué pasa.

—Está bien. Esperaremos.

Al poco, la puerta trasera de la furgoneta se abre. Moustapha y el padre de Mor aparecen ante nosotros. Por el gesto de sus rostros, parece que algo no va bien.

—Abdou, el cayuco no está en buenas condiciones. Creo que no deberíais viajar. No es seguro.

—¡Pero, padre! ¡Llevo años esperando este momento! ¡Es preciso que vayamos!

—No esta noche, hijo. Escúchame. Soy carpintero. El cayuco no aguantará una travesía de dos mil kilómetros.

—Padre, Alá nos protege. El mar está tranquilo. Si no nos vamos ahora, pasarán meses hasta que podamos intentarlo. No nos devolverán el dinero del pasaje. ¡Padre, por favor!

El padre de Mor se frota los puños, nervioso. Su hijo se muestra decidido a marcharse y opina lo mismo que Abdou. Al final se ve obligado a ceder ante la situación.

—En eso tiene razón, Moustapha. Ya has oído a ese individuo. Del dinero que hemos pagado nos podemos despedir. Yo no sé tú, pero para mí ha sido muy difícil reunir los cuatrocientos mil francos CFA del pasaje.

Mor baja de la furgoneta. Su padre le abraza, luego pasa los dedos lentamente por el rostro de su hijo y cierra los ojos. Parece como si quisiera aprender de memoria cada centímetro. Luego se despide de él.

—Cuando llegues a España compórtate, hijo… y no olvides la pobreza que dejas atrás, trabaja honestamente y vive honestamente.

—Lo haré, padre.

—Que Alá te bendiga.

Moustapha nos ayuda a bajar de la furgoneta. Levanta el brazo y señala con el dedo hacia la orilla. Hasta ese momento se había mostrado decidido y entero, pero cuando nos abraza intenta hablar y la voz se le rompe en un sollozo.

—Rezaré cada minuto para que Alá os acompañe. Te quiero, hijo mío.

Es lo único que ha podido decir. Se lleva la mano a la garganta como queriéndose zafar de un nudo que le impide hablar. Abdou deja caer su mochila y abraza a su padre.

—Volveré con Malik a por vosotros.

Moustapha se dirige hacia la furgoneta. Los dos hombres suben al vehículo. El motor se pone en marcha y empieza a alejarse lentamente. Nos quedamos solos.

Nuestros ojos se van acostumbrando a la oscuridad. Unos cien metros hacia delante se vislumbra gente. Es un grupo numeroso. Todos están en silencio. A medida que nos acercamos, nos damos cuenta de que allí habrá unas ochenta personas. Algunos ya están subiendo a una de las embarcaciones. Muchos son muchachos como nosotros, pero también hay mujeres y niños pequeños.

Alguien nos empuja hacia otro cayuco. Intentamos mantenernos juntos. Yo aprieto con mi mano derecha los *gri-gri* que llevo en la cintura. Abdou tira de mí para que no me separe. Hay cierta confusión. Unos hombres mandan callar instantáneamente si alguien dice algo. Después de unos minutos, uno de ellos le indica a otro que la embarcación está completa.

Estamos apretados unos contra otros. En el cayuco viajamos más de cuarenta personas. Un bebé llora. La madre le protege con una pequeña manta y lo acuna para que calle.

La barcaza es vieja. La madera está agrietada y áspera. Enfrente de mí hay un chico que me llama especialmente la atención por la tristeza de su rostro y por la manera en que acaricia continuamente un escapulario con sus largos dedos. Me mira. Intenta sonreír, pero no lo consigue. De repente, me pregunta algo que me deja sin respiración.

—¿Sabes nadar?

Niego lentamente con la cabeza, como un autómata. No. No sé nadar, Gamal. Nadie nos ha enseñado a nadar. No hacía falta en el mar de arena en el que nacimos. Oigo de nuevo su voz como si llegara de lejos.

—Yo tampoco. Me llamo Cheikn. Tengo trece años, pero me han dicho que, si nos preguntan en España, diga que tengo dieciséis.

No he sido capaz de decirle mi nombre siquiera. Me he quedado petrificado. Me sujeto a la barca. Siento un dolor intenso en la palma de la mano. Me he clavado una astilla. Estoy sangrando. Abdou le ha pedido la linterna a Mor. La ha encendido para ver mi mano, pero un hombre se la ha arrebatado de un manotazo. Increpa de un modo desagradable a mi amigo.

—¡Insensato! ¿Quieres que nos pillen a todos? ¡No sois más que un hatajo de desgraciados! Espera que os lancemos al mar. Entonces podrás hacer lo que quieras, pero mientras, al que haga otra tontería, lo liquido yo mismo.

Abdou no contesta. Sabe que no vale la pena enfrentarse a gente de ese tipo. No consigo apartar de mi cabeza la pregunta de Cheikn.

—Abdou, no sé nadar. ¿Tú sabes nadar?

—Sí. Anda, no le des importancia a lo que te ha dicho ese mocoso. Aquí no debes hacerle caso a nadie.

—Pero es que no sé nadar de verdad. ¿Y si volcamos?

—No va a pasar nada. Anda, calla, que aún nos lanzarán al agua si hacemos ruido.

Al cabo de un rato, los hombres que estaban colocando a toda la gente que tenía que embarcar saltan al agua. Empujan las embarcaciones hacia el mar. El cayuco empieza a balancearse al ritmo de las olas. La madera se queja con algunos crujidos. El motor se pone en marcha. En el fondo de la barca hay un bidón con gasolina. Se supone que será suficiente para toda la travesía.

Nadie habla. Nos vamos adentrando hacia alta mar. El día empieza a clarear por el horizonte. Miro alrededor. A medida que las sombras dejan paso a la claridad, me doy cuenta de que hay varios niños en el cayuco. También hay tres o cuatro mujeres embarazadas. Nadie habla con el que tiene al lado. Todos miran hacia el horizonte, como si eso nos hiciese llegar antes a nuestro destino o, tal vez, como si creyeran que van a encontrar allí delante la parte de su alma que dejan tras de sí.

Y fin

A PARTIR DEL SEXTO DÍA DE TRAVESÍA, los ánimos han empezado a decaer. Durante el día hace un sol de justicia. Hay que tener cuidado con el agua porque empiezo a dudar que haya suficiente para los doce días que dura el viaje. Ya ha habido algunos enfrentamientos por culpa del consumo de agua.

Abdou y yo procuramos no perder la cuenta de los días que pasan. Así será más fácil racionar la comida que llevamos. Dice Abdou que no tengo que estar pendiente de lo que hagan los demás, que todos sabíamos que no iba a ser fácil y que no podemos repartir nuestros alimentos con los que tienen menos, porque moriríamos.

En la barca, el olor es nauseabundo. No nos podemos lavar y tenemos que hacer nuestras necesidades como podemos y luego tirar las heces por la borda. Durante la noche, la temperatura baja mucho. Abdou, Mor y yo nos acurrucamos entre nosotros para darnos calor. Mor lleva unos plásticos que le dio su padre y nos cubrimos con ellos.

Hoy ha amanecido nublado. Un muchacho joven está enfermo. Viaja con su hermano, que es más pequeño. Lleva un par de días vomitando mucho. Desde que salimos de Casamance, solo los he visto comer un día.

Desde ayer ha empezado a hacer mal tiempo. Hay olas enormes y mucho viento. El muchacho enfermo está peor. La gente dice que ha contraído el mal del mar. Otras personas han empezado a vomitar. Algunos se desmayan. Cada día tengo más miedo.

Ha amanecido lloviendo. Hemos perdido de vista la otra embarcación. Oigo voces y mucho ajetreo. Abdou está hablando con el hermano del chico enfermo. El niño llora. Su hermano ha muerto durante la noche. Entre varios hombres han puesto el cadáver en el fondo del cayuco y lo han cubierto con unos trapos.

He cogido unos dátiles de mi mochila. Me acerco a Abdou y al niño que ha perdido a su hermano. Le tiendo los dátiles. Mi amigo me reprocha este gesto con la mirada. Él sabe que no tendremos suficiente comida para toda la travesía. Yo también, pero soy incapaz de dejar morir de hambre a ese crío.

De pronto se oye un crujido fuerte. La barca se ha agrietado por un costado. Empieza a entrar agua debido al fuerte oleaje. Algunas personas empiezan a gritar. Gritan porque no saben nadar. Recuerdo las palabras del morabito y pronuncio el nombre de Alá compulsivamente.

Algunos hombres cogen unas cuerdas para intentar sujetar las tablas. Alguien dice que habrá que echar el muerto al mar porque no debemos llevar peso para que no entre el agua, y que además pronto empezará a oler mal. La gente está aterrorizada. Nadie se opone. Dos chicos cogen el cadáver y lo tiran por la borda. El niño se queda mirando fijamente el lugar donde el mar ha engullido a su hermano. Ya no llora. Será que no le quedan más lágrimas.

Intento que me diga cómo se llama, pero no reacciona. Me quito uno de los *gri-gri* que llevo en mi brazo y se lo entrego. El chico lo aprieta entre sus dedos.

–Mi hermano llevaba en los bolsillos lo poco que teníamos.

–¿Cuántos años tienes?

–Doce.

–¿De verdad?

–Creo que sí.

–¿Cómo te llamas?

–Abdalaye.

–¿Sabes nadar, Abdalaye?

–No.

–Yo tampoco.

Nos quedamos callados, uno junto al otro. En este momento no soy aún consciente de que la tragedia no ha hecho más que empezar. Al anochecer, el motor se ha parado. Quedan dos bidones de gasolina. Un hombre rellena el depósito y el motor arranca con dificultades. La noche es infinita. Hoy más que nunca. La luna está en cuarto menguante. La miro. Parece como si no quisiera ser testigo de tanta desgracia y girase la cara hacia otro lado.

El nuevo día nos trae malos augurios. El motor ha vuelto a pararse. Otra persona ha muerto. Se trata de un niño pequeño, de unos tres años. La madre grita desgarradoramente cuando intentan quitarle al niño para arrojarlo al mar. Parece ser que murió por la noche y su madre lo ha acunado hasta el amanecer. Ha intentado incluso amamantarlo, pero llevaba horas muerto. Al final consiguen arrebatárselo y lo dejan caer al agua. La mujer, en un intento desesperado por sujetar a su hijo, ha caído por la borda. No sabe nadar. El mar está agitado. Un hombre se lanza al agua para intentar rescatarla. Es inútil. Al cabo de unos minutos, el mar se los ha tragado a los dos.

Algunos hombres se afanan en poner el motor de nuevo en marcha, sin resultados. Un muchacho se da cuenta de que hay una mancha en el agua. El motor está roto y pierde combustible rápidamente. Intentan rellenarlo. Es inútil. La gasolina se vierte al mar por la rotura del motor casi tan rápido como entra en él. La gente se mira con pánico. Algunos empiezan a rezar. Otros gritan pidiendo auxilio. El llanto de los niños es desconsolado, sobrecogedor, descarnado e inmenso, como el puro miedo.

Al cabo de un rato vuelve una tensa calma al cayuco, que se balancea en siniestra danza al ritmo de las olas. Vamos a la deriva. Me pregunto qué suerte correrías tú, hermano. Ni siquiera sé hacia dónde te dirigiste para llegar hasta el paraíso que perseguías. Yo en este momento ya no sé qué persigo. Tal vez lo más sensato sería desear que esta pesadilla termine y que acabemos con vida, pero tengo demasiado miedo para pensar dónde está el mayor sufrimiento: si en una vida como la nuestra o en el encuentro con la muerte.

Un chico se ha puesto en pie. Grita. Grita tanto que me tapo los oídos. Gesticula con los brazos agitándolos frenéticamente. Otras personas se le suman. La barca se zarandea peligrosamente. Han visto algo en el horizonte. Es un barco.

El barco avistado se acerca lentamente. Al cabo de un par de horas, vemos claramente la bandera marroquí ondeando en su proa. Es un barco pesquero. Está lo suficientemente cerca como para que el oleaje que levanta zarandee nuestra embarcación. La madera vuelve a crujir. Cada vez entra más agua. El fondo del cayuco está completamente inundado.

De nuevo los gritos, esta vez desesperados. No entiendo nada, Gamal. El barco pasa de largo, nos deja aquí, abandonados a nuestra suerte. Una suerte que hace tiempo dejó de acompañarnos. Una mujer cae desmayada sobre el agua del cayuco. Nadie hace nada. Intento girarle la cabeza para que no se ahogue. Es todo lo que acierto a hacer, además de llorar. Lloro hacia dentro, hacia donde duele más porque mis lágrimas caen al vacío que hay dentro de mí. No lloro por miedo. No sé por qué lloro.

—Áhmen, saldremos de esta, amigo.

—El barco nos ha ignorado, Abdou.

—¡Esos malditos marroquíes! No te preocupes. Pasarán otros barcos. Seguro. Solo hay que rezar a Alá y tener paciencia.

Tener paciencia. Eso me decía madre. ¿Qué significa ser paciente, hermano? El último maestro que tuve, siempre nos pedía paciencia para salir a jugar un rato al fútbol antes de continuar con las clases. Decía que esta palabra tiene una raíz latina, *pati*, que significa «sufrir», y que la palabra misma nos recuerda que la paciencia implica sufrimiento, si bien ese sufrimiento se debe aceptar con dignidad esperando una recompensa mayor que vendrá, ya sea con el simple paso del tiempo, con la perseverancia, o con actuar correctamente en cada momento. En este momento, el único significado que cabe otorgarle es tener aguante. En definitiva, es permanecer aquí, aferrarse, rehusar abandonar a pesar de todo este horror. Pero ¿aferrarse a qué?, ¿a la vida? Debería saber a qué vida aferrarme: ¿a la que dejo atrás o a la que persigo? No, Gamal. Se me acaba la paciencia. Me abandonan las fuerzas.

Ha empezado a llover. Al principio son gotas espaciadas y finas, que se van convirtiendo en pesados goterones. La lluvia empieza a caer con fuerza sobre nosotros. No somos más que una imagen emborronada en mitad del mar. Un mar que empieza a sacudirse, como si le estorbásemos. Las olas empiezan a vapulear el cayuco herido de muerte. Lo último que oigo es la voz de Abdou.

—¡Áhmen, no te apartes de mí! ¡Agárrate, agárrate!

—¡Abdou!

—¡Cógete a mí, amigo!

Veo a Abdalaye salir despedido de la embarcación tras un golpe de mar. Intenta mantenerse a flote en medio de las aguas enfurecidas. Un segundo. No le veo. No puedo verle. Ahora el mar nos ha golpeado con tal rabia que la barca se ha hecho pedazos. Caemos al mar. Algo me sujeta por la sudadera. Consigo salir a flote. Abdou está sujetándome. Intenta agarrarse a un resto del cayuco, pero no puede tirar de mí. Nos hundimos.

En pocos segundos me doy cuenta de que Abdou ya no tira de mí. Se ha quedado con mi ropa en la mano. El mar me ha desnudado. Trago gran cantidad de agua. Aquí al menos no se oyen los gritos. Siento frío. Cada vez más frío. Todo es borroso alrededor hasta que, de repente, te veo, Gamal.

Me miras sereno. ¡Qué ganas tenía de encontrarte! ¡Ya verás cuando se lo cuente a madre! Ahora me siento un poco mareado. Tengo sueño y no puedo mantenerme despierto. Luego iremos juntos a ver a madre. Padre también se alegrará de vernos.

Siento que el viaje ha terminado, hermano. Te quiero.

Índice